U0893655

金蔷薇阅读花园

一千零一夜

阿拉伯民间故事

邵雯可 改写

CHISO 青少社 SINCE 1986 新疆青少年出版社

图书在版编目(CIP)数据

一千零一夜 / 邵雯可改写. - 乌鲁木齐：新疆青少年出版社, 2016.9（2023.1重印）
（金蔷薇阅读花园）
ISBN 978-7-5515-9019-8

Ⅰ. ①一… Ⅱ. ①邵… Ⅲ. ①民间故事－作品集－阿拉伯半岛地区 Ⅳ. ①I371.73

中国版本图书馆CIP数据核字(2016)第137581号

金蔷薇阅读花园
一千零一夜
阿拉伯民间故事　邵雯可 改写　查 璇 绘

出 版 人：徐 江　策　划：许国萍 贺艳华
责任编辑：贺艳华　美术编辑：查 璇 邓志平
法律顾问：王冠华 18699089007

出版发行：新疆青少年出版社　地　址：乌鲁木齐市北京北路29号
网　址：http://www.qingshao.net　经　销：全国新华书店
印　制：北京博海升彩色印刷有限公司
开　本：787mm×1092mm 1/16　印　张：9
版　次：2016年9月第1版　印　次：2023年1月第2次印刷
字　数：65千字　印　数：6 001- 17 000册
书　号：ISBN 978-7-5515-9019-8　定　价：28.00元

魔法师带着这些油灯又来到宫殿前，高声喊着："谁有旧灯，换新油灯！"白狄伦公主听了，觉得不可思议。婢女们有的说是假的，有的说是真的。有个婢女说在阿拉丁的房间里看到过一盏油灯，不如拿去换了试试真假。公主同意了。

《阿拉丁和神灯》

走到最后一个瓦罐的时候，她发现里面装的是菜油，就灌了一壶，拿到厨房给灯添上油。然后，她又回到杂物房，弄了一大锅油，并且架起柴火，把油烧开，再往每个瓦罐里都浇了一瓢沸油。藏在瓦罐里的强盗一个个都被烫死了。

《阿里巴巴与四十大盗》

船长说：“旅客们，风浪把我们吹到了危险的地方，现在已经靠近猿人山了。这里的人和猴子一样，凡是经过这里的旅客都不能逃脱它们的手心。这回我们完了，非死在这里不可！”

《辛伯达航海历险记》

第二天，辛伯达走在林中的一条小溪边，看到一个老人坐在那里，穿着树叶做成的裤子。辛伯达问：“老人家，你怎么坐在这儿啊？”

《辛伯达航海历险记》

一天夜里，他们两个趁我睡熟时，把我和妻子悄悄抬出来，残忍地抛到了大海里。谁知我的妻子从梦中惊醒，一下子变成一个仙人，在关键时刻把我救起来，并送到了一座小岛上。

《商人和魔鬼的故事》

设计说明

为了便于读者记录阅读历程，本书的版面设计参考了“康纳尔笔记本”，即将页面分为三块，除文字内容外，将左（右）侧和下方留白作为写“发现点”和“总结”的地方。例如，可在左侧记下阅读中发现的知识点，下方写感想或做注释。做笔记实际是一种思维整理术，可以帮读者更好地完成一本书的阅读。

文字

译、编译、改写三种方法，分别用于古典与现代、儿童与非儿童等文学作品，让文字更适于阅读，与读者更亲近。

页边距

左（右）侧和下方都留有合理的宽度，可以用来做注释、记录心得等。可用不同颜色的笔记录不同内容，最后形成一本独一无二的书。

页眉

此处花纹的宽度正好与便签条相同，可以将便签条贴在这里，记录阅读进度。

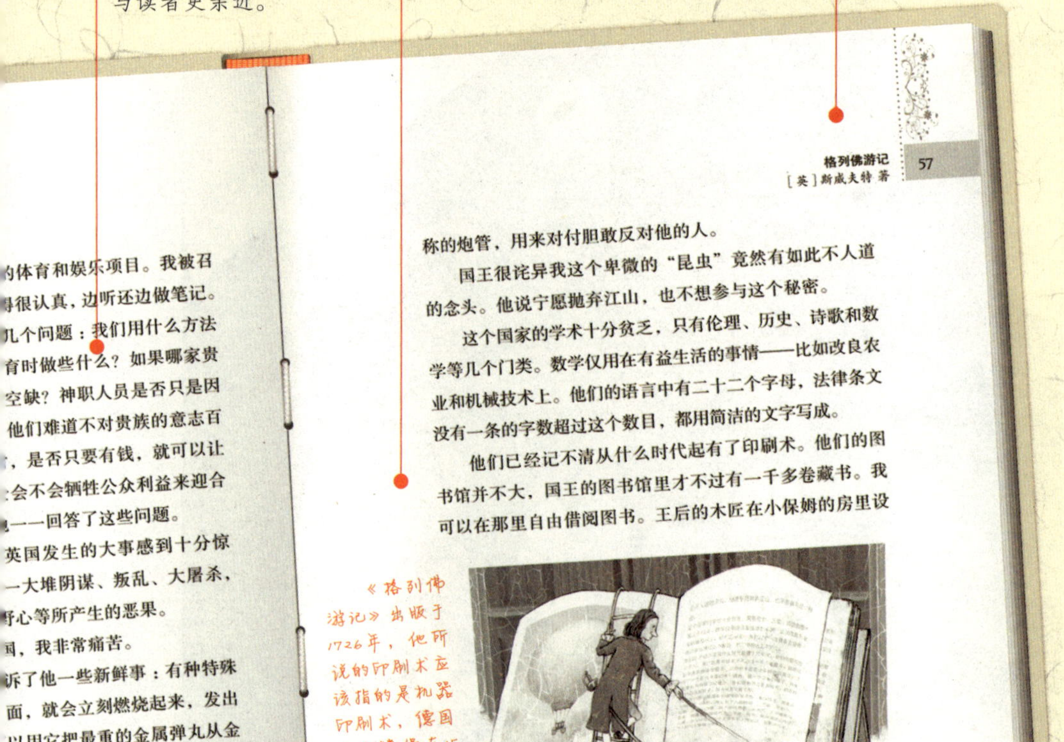

插图

精准的插图可以加深阅读的印象，美好的插图可以提升对作品的感受力。你也可以发挥想象力，在页面空白处画上自己的图。

前　言

狐狸对小王子说："正是你在你的玫瑰花上所耗费的时光，才使她变得如此重要。"

一本书在你人生中的分量，也要看你在它上面花费的时间。

阅读，就是为自己种植一座心灵上的美丽花园。你精心地收集植株或采集花种，选择适合的土壤和时机栽种；你为花儿们浇水施肥，丝毫不敢懈怠；你细心整理，不让花园变得散漫无序……这样，不论外界是什么天气，心灵的花园会始终生机勃勃、绿意盎然。

有时候，一朵小花会成为你特别心爱的，你说不出为什么会喜欢它；有时候，你会为一颗种子着急，因为它怎么也不肯拱出地面；有时候，你会特别想知道一种花儿背后的故事，想认识它的兄弟姐妹；有时候，你会发现一种原来很美的花儿失去了芳香和颜色……

我们的这座阅读花园，就是想为你心灵的"秘密花园"提供更加丰富多彩的选择，花园里的花儿为你而生长，已经有智者、伟人和辛勤的园丁们为它们洒下过汗水，而当你长大的时候，一定还会记得它们的样子和香味吧。

亲爱的小读者，在这座阅读花园里，你还可以做更多的事情。孤独的时候，可以找到朋友；难过失意的时候，可以找到安慰；面对问题和困难时，可以找到一起想办法的人。真的，它已经不是你能想象出的那种花园。

而你需要做的，只是轻轻地捧起这本书。如果愿意的话，还可以按照彩页中的样例，记录下自己的"种植"过程，这样，在读完之后，它就会成为只属于你自己的、独一无二的东西，你的"秘密花园"里的一个最新品种。

愿你因此为自己感到骄傲。

编　者

目录

引子

传说，很久以前，在中国和印度一带的群岛上，有个萨桑王国。这个国家的国王名叫山鲁亚尔，他有个弟弟名叫沙宰曼，是撒马尔罕的国王。这兄弟两个都治国有方，深受百姓爱戴。

一天，山鲁亚尔思念弟弟，便派宰相去请沙宰曼。沙宰曼也很想哥哥，接到邀请后，立刻带上几个随从出发了。刚走出不远，他突然想起有件重要的东西忘记带了。他回到宫中，却看到王后正和乐师一起同席对饮、嬉戏调笑。沙宰曼气疯了，挥剑砍了两人的脑袋。接着，他返回队伍，日夜兼程，几天后就来到了哥哥居住的京城。

山鲁亚尔激动地出来迎接弟弟。大街小巷张灯结彩，热闹极了。

兄弟相见，分外高兴。但沙宰曼一想起王后的事，就不由得无精打采起来。过了几天，山鲁亚尔见弟弟还是愁眉不展，便邀请他跟自己一起出去打猎散心。沙宰曼不想去，山鲁亚尔只好独自带上随从出发了。

宫殿外面是御花园。沙宰曼向窗外望去，只见王后和一群仆人来到花园里，在草地上说笑玩乐，王后还和一个男仆搂在了一起。

山鲁亚尔打猎回来后，弟弟告诉了他自己所看到的一切。第二天早晨，山鲁亚尔假装出去打猎，然后化装改扮溜回王宫。他躲在弟弟的房间里，果然看到了弟弟所说的一切。

从此以后，山鲁亚尔国王不再相信任何女人。他变得铁石心肠、残忍冷酷。据说，在杀掉了王后和仆人们之后，他每天都要娶一个陌生的女子为妻，第二天早上再把她处死。不到三年，京城百姓都吓坏了，女子们纷纷逃离。

有一天，宰相跑遍了全城，也没有替国王找到一个女子。他沮丧地回到家里，心想："这次完不成任务，肯定要被杀头了。"

宰相有两个女儿，大女儿叫莎赫札德，二女儿叫杜娅札德。莎赫札德读的书可多了，上知天文下知地理。她见父亲不高兴，便问道："爸爸，您这是怎么了？"宰相说出了自己的烦恼。莎赫札德听后，请求道："就请您送我进宫去吧！"

宰相说："女儿，千万别去！你不知道王宫里有多么危险！"

可是，莎赫札德坚持要进宫去，想为百姓解忧。宰相没有办法，只好给女儿办嫁妆。

临走时，莎赫札德吩咐妹妹："我进宫后会派人来接你。在宫里，如果你看到国王要杀我，就对我说：'姐姐，给

我讲个故事吧，好让我们快快乐乐地度过这一夜。’然后，我就给你讲故事，希望用这个办法能让国王不再杀人。”

夜晚，国王见新娘子泪流满面，奇怪地问：“你哭什么？”

莎赫札德说：“我有个妹妹，我想见见她，也算作个告别。”

国王派人去叫来了杜娅札德，姐妹俩紧紧拥抱在一起。妹妹对姐姐说：“姐姐，给我讲个故事吧！让我们快乐地度过这最后一夜。”

于是，莎赫札德就开始讲起了故事。这些故事引起了国王极大的兴趣。聪明美丽的莎赫札德每讲一个故事，都会把结尾推迟到下一个夜晚再讲。国王为了听故事，也就一再推迟杀她的时间。据说，莎赫札德的故事一共讲了一千零一夜。

就这样，莎赫札德用一千零一个动人的故事改变了国王可怕的恶习，挽救了无数人的生命。她讲的那些故事也随着这个传说流传了下来，一直到今天。

阿拉丁和神灯

古时候，在遥远的中国，有个叫穆斯塔发的裁缝，他有个儿子叫阿拉丁。阿拉丁从小就是一个淘气鬼。阿拉丁十岁那年，穆斯塔发打算教他裁缝手艺。可阿拉丁不好好地学手艺，整天和调皮捣蛋的孩子一起疯闹。

阿拉丁的父亲很生气，却也没有办法。不久，他离开了人世。阿拉丁的母亲只好卖掉裁缝铺，靠纺线养活自己和儿子。

阿拉丁十五岁那年，一天，在和朋友们一起玩耍时，他被一个从非洲来的魔法师看到了。魔法师站在一旁仔细观察了一阵儿，又偷偷向一个孩子打听了阿拉丁的情况。然后，他拉过阿拉丁，对他说：“你是裁缝穆斯塔发的儿子吧？”

阿拉丁惊讶地说：“是啊，你怎么认识我父亲？不过，他早就去世了。”

魔法师假装痛哭流涕。他搂过阿拉丁说：“你的父亲是我的异父兄弟。我一直在外流浪，没想到，他这么快就走了。孩子，你长得真像你父亲。”

魔法师掏出十个金币给了阿拉丁。阿拉丁高兴地飞奔回家，把遇到伯父的事情和母亲说了。阿拉丁的母亲十分惊讶，因为她从没听说过自己的丈夫还有个兄弟。

第二天，阿拉丁和朋友们一起玩儿的时候，魔法师又来找他，还递给他两枚金币，说：“我今天要去拜访你母亲，这两个金币给你母亲准备饭菜用吧。你先带我认认路。”

阿拉丁为魔法师指点了自己家的位置后，飞快地跑回家，把两枚金币交给母亲，说：“伯父今晚要来拜访我们。”

晚上，魔法师来到阿拉丁家，一见到阿拉丁的母亲，他就号啕大哭起来："我的兄弟呀！没想到我连你最后一面都没见上……"他显得悲伤极了，差一点昏死过去。

阿拉丁的母亲看着魔法师，心中的疑虑消失了，相信他真的是阿拉丁的伯父。

魔法师止住眼泪，说："弟媳啊，四十年前我离开这里，开始四处流浪，最后定居在摩洛哥，一住就是三十年。年纪越大，我就越思念家乡和亲人，于是赶回了家乡。当我第一眼看到阿拉丁的时候，就觉得很亲切，一问，他果真是我的侄子。"

阿拉丁的母亲听了，感动得直流泪。然后，魔法师用温柔的目光注视着阿拉丁，说："孩子，我想出钱帮你开一间商店，你觉得怎么样？"

阿拉丁高兴地点点头。

第二天，魔法师先带阿拉丁去商店买了一些漂亮的衣服，接着又带他去澡堂洗澡、逛集市、参观名胜古迹。吃过可口的午饭后，魔法师带阿拉丁去娱乐场游玩，还邀请了许多商人见面，向大家介绍自己的侄子。

天黑时，魔法师才把阿拉丁送回家。阿拉丁的母亲看到儿子一副商人的穿着打扮，高兴得合不拢嘴，对魔法师感激万分。

第三天，一大早，魔法师就带着阿拉丁走出城门去逛公园。阿拉丁长这么大，还从没见过这么美的景色：溪流清清，花丛间万紫千红，铜狮子口里喷着泉水……玩累了，他们就停下来吃魔法师随身带的食物。就这样，他们不停地走啊走啊，一直来到了一座叫作“童山”的大山脚下。

阿拉丁从来没出过这么远的门，走过这么多的路，他累坏了，于是对魔法师说：“我走不动了，咱们回家去吧。”

魔法师听了，说：“孩子，现在还不能回去。我们要去办一件惊天动地的大事。拿出勇气走下去！”魔法师为了消除阿拉丁的疲劳，给他讲了许多稀奇古怪的故事。

最后，魔法师终于带阿拉丁来到了目的地。他叫阿拉丁去捡了些碎木片、干树枝来，把它们点燃，又掏出一个小匣子，取出一些乳香，撒在火焰上。然后，他对着青烟念起了咒语。

大地忽然震动起来，随着轰隆一声巨响，地一下子裂开了。

阿拉丁惊恐极了，拔腿就跑。魔法师狠狠打了他一巴掌。阿拉丁伤心地哭起来：“伯父，您为什么打我？”

魔法师说：“孩子，我们现在在做一件了不起的事情，而你竟如此胆小。”

阿拉丁低下了头，说：“伯父，对不起，我再也不这样了。”

这时，大地裂开的地方出现了一块长方形的云石，上面系着一个铜环。魔法师对阿拉丁说："这地底下有一个宝库，只有你才能开启。这个宝库是你的，也是我的。你按照我说的做，没准儿会比帝王还富有。听着，现在你握紧那个铜环，把石板掀开，然后走进去。掀石板的时候，不停地叫你自己和你父母的名字，石板就能很容易地掀开。"

阿拉丁照魔法师说的做，果然毫不费力就掀开了石板。他面前出现了一个地道口，有十二级台阶从这里通往地下。

魔法师接着吩咐："沿着台阶走下去，走到底层，你会发现四间房子，房子里都是金银财宝。你千万不能碰它们。走到第四间房时，你会发现这里还有一道门。你喊着你自己和父母的名字，就可以打开门走进一座花园。沿着通道走大约五十步远，有一间大厅，它的天花板上挂着一盏油灯。你爬上梯子取下油灯，倒掉灯油，然后把它装在衣袋里带回来。只要这盏灯在你手中，这里所有的宝藏就都归你了！”

魔法师说完，摘下一个戒指，戴在阿拉丁的食指上，又说：“这枚戒指能保护你不遇到任何危险。不要怕，鼓足勇气，照我说的做。”

阿拉丁走下台阶，进入地道，来到花园。他走向大厅，爬上梯子，然后取下油灯，把它吹灭，并倒掉灯油。他把油灯装进胸前的袋子里，就回到了花园。

在这样做的过程中，阿拉丁的胆子慢慢大起来。他欣赏着花园的美景，听着鸟儿清脆的叫声，看着树上结的宝石果子。他摘下一些宝石果子，按照来时的路线回到了地道口。由于东西太多，他爬不上去，就喊上面的伯父拉自己一把。不料伯父却说：“先把油灯给我。”

阿拉丁说：“不，伯父，这盏灯一点儿也不重。你把我拉上去，我再把油灯给你。”

魔法师见阿拉丁不肯把油灯递给他，生气极了，和阿拉丁吵了起来。最后，他念动咒语，用石头把地道口盖住了。阿拉丁就这样被埋在了宝库的地道中。

其实，魔法师根本不是阿拉丁的伯父，而是一个地道的摩尔人。因为从小喜欢巫术，他最终修炼成了巫术界的高手。一天，他从魔法书中发现了关于这个宝库的记载，于是来到中国，想骗阿拉丁帮他取得神灯，好发大财。诡计失败后，魔法师一气之下返回了非洲老家。

奇妙的神灯

阿拉丁走下台阶，希望能找到一条出路。可下面所有的通道都被魔法师堵死了。阿拉丁被困在地道里，觉得冷极了。他搓搓双手取暖，却无意间擦到了手上戴的戒指。

一个巨神立刻出现在他面前，说道：“主人，有什么事要做，请吩咐。我是戒指的仆人，谁拥有这枚戒指，谁就是我的主人。”

阿拉丁吓得浑身发抖。巨神又说了一遍刚才的话，阿拉丁这才想起魔法师说过，戴上这个戒指可以排除万难。他高兴地说：“我要你把我带到地面上去。”

他的话音刚落，地面突然裂开了。于是阿拉丁平平安安地离开地道，回到了家中。

阿拉丁把经历的一切告诉了母亲。他从口袋里掏出从果园中采来的珠宝玉石，递给母亲。这些东西非常名贵，但阿拉丁一点儿也不知道，以为只不过是玻璃之类的工艺品。

阿拉丁太累了，一直睡到第二天中午才醒来。一睁开眼，他就向母亲要东西吃。母亲流着泪说："家里最后的一点儿食物昨天已经被你吃光了。你等一会儿，我纺好棉纱卖了钱再给你买吃的。"

阿拉丁想了想，说："妈妈，您别去卖棉纱了，我把带回来的油灯卖了，换些吃的吧。"

阿拉丁的母亲拿来油灯，觉得它很脏，就抓了一把沙土，想擦干净些。

可她刚擦了一下，一个巨神就出现了。这巨神长得又高又大，它粗声粗气地说："我是你的仆人，也是这盏灯的仆人，你有什么吩咐吗？"

阿拉丁的母亲从来没见过这么可怕的恶魔，吓得昏了过去。

阿拉丁见过戒指里的巨神，所以这时一点儿也不害怕。他把灯拿在手里，对灯神说："灯神，我饿了，给我些可口的食物吧。"

一眨眼工夫，灯神就端出了许多美味佳肴，这些食物都盛在金盘子里。

阿拉丁救醒母亲，对她说：“妈妈，老天可怜我们，给我们送来了食物。快吃吧！”他们吃饱后，还多出了许多饭菜，可以留到第二天再吃。

从此以后，阿拉丁和母亲就靠灯神送来的食物过日子。阿拉丁还把金盘子拿到集市上去卖，可他并不知道这盘子是纯金的。

在集市上，阿拉丁遇到了一个犹太人，这个人把阿拉丁拉到一个角落，问他：“这个盘子你打算卖多少钱？”阿拉丁说：“值多少钱你应该知道吧？”

犹太人想：“这孩子说不出价钱，可能不知道这是金盘子。”于是，他掏出一枚金币。

没想到，阿拉丁看到这枚金币，就满意地把金盘子卖给了他。

就这样，阿拉丁一直和这个犹太人做交易，每次都得到一枚金币。很快，他就把装饭菜的十二个金盘子卖光，只剩下一个银托盘了。银托盘又大又重，他根本拿不动，只好把犹太人叫到家里来，以十二枚金币的价格卖给了他。

一天，阿拉丁又带着灯神新变出来的盘子到集市去，经过一家珠宝店时，老板拉住了他，对他说：“我经常看见你和一个犹太人做买卖。这个犹太人是个坏家伙，他低

价买来东西，再高价卖出去。你可不要上他的当。你有什么宝贝，拿出来让我看看吧，我给你个公道价，不会让你吃亏的。”

阿拉丁掏出盘子。商人仔细看了看，又称了称重量，问：“这和卖给犹太人的是同一套吗？”

阿拉丁点点头。老板又问："他给你多少钱？"

阿拉丁说："一枚金币。"

老板听了大吃一惊："这是金盘，值七十个金币。那个犹太人欺骗孩子，真不怕天打雷劈。如果你愿意，把金盘卖给我，行吗？"

阿拉丁这时才知道自己上了当。他非常感激珠宝店的老板，高兴地和他做起了买卖。以后一有金盘，阿拉丁就拿去卖给他。

阿拉丁家渐渐富裕起来，他也越来越懂事，不再和不三不四的人来往，还跟各种各样的商人学做生意。很快，他就知道，自己从果树上摘下的石头都是无价之宝，就算是古玩店里最大的珠宝也比不上自己家最小的珠宝。

和公主结婚

一天，阿拉丁在街上散步时，听到一个当差的说："今天，白狄伦公主要去澡堂沐浴熏香。这期间禁止居民外出，违者死罪。"

阿拉丁很想看一眼公主的样子，就悄悄躲进了澡堂，等公主到来。

不久，公主在奴婢的簇拥下来到澡堂。一进门，她就取下了面纱。阿拉丁看到公主的脸庞就像珍珠一样透亮，眼睛就像太阳一样明亮，再配上弯弯的眉毛和洁白的牙齿，简直像是仙女下凡。

阿拉丁立刻喜欢上了公主。回到家后，他变得茶不思饭不想。

母亲以为他病了，关切地问："阿拉丁，你是不是病了？我知道有一个阿拉伯大夫曾经帮国王治过病，我请他来帮你看看吧！"

阿拉丁听了，对母亲说："妈妈，我没生病。我昨天看到白狄伦公主，喜欢上了她，所以才茶不思饭不想的。妈妈，我打算求国王把公主嫁给我。"

阿拉丁的母亲说："孩子，你是个裁缝的儿子，国王怎么可能把女儿嫁给你呢？"

阿拉丁想了想，说："您说得有道理。但我是真心喜欢公主。不能和自己喜欢的人结婚，是件多么痛苦的事情啊！妈妈，您一定要帮我！"

阿拉丁的母亲伤心地说："孩子，你既不是贵族，又没有为国家立下大功，如果我去为你提亲，也许国王会杀了我们呢。你还是好好想想吧！"

阿拉丁说："妈妈，我已经想到了一个好办法。我记得家里有一个钵盂，把我从地下宝库带回来的宝石放进去，当作礼物送给国王怎么样？我最近和珠宝商来往，学到不少知识，这些宝石我请行家鉴定过，都是再值钱不过的了。”

阿拉丁的母亲取出钵盂。阿拉丁挑选出各种各样的宝石，装满了钵盂。这些宝石发出耀眼夺目的光。

阿拉丁嘱咐母亲：“妈妈，您别怕，灯神会给我们所需要的一切。不过您记住，可千万不能泄露这个秘密。”

第二天清晨，阿拉丁的母亲来到王宫前。这时，国王正在早朝。早朝一结束，国王就进后宫去了，阿拉丁的母亲从早到晚都没人理睬。就这样，她一连等了好几天，却始终没能见到国王。

国王发现阿拉丁的母亲每天都在王宫前徘徊，就对宰相说：“这六七个接待日，这个老太太都来求见。下次如果她再来，你就直接带她来见我吧。”

阿拉丁的母亲终于见到了国王。她向国王致敬，祝国王万寿无疆。国王问她："每个接待日我都见到你来，有什么事情，请说吧。"

阿拉丁的母亲说："我有个儿子，叫阿拉丁，他喜欢上了公主，要我来向陛下求亲。"

国王听了哈哈大笑，说："想娶我的女儿？你有贵重的彩礼吗？"

阿拉丁的母亲把钵盂献上，整个大厅一下子闪烁着珠光宝气。国王惊呼道："我第一次见到这么贵重的宝石！"

他对阿拉丁的母亲说："回去告诉你儿子，我答应把公主嫁给他，不过要等三个月。"

阿拉丁的母亲眉开眼笑地回到家，把好消息告诉了阿拉丁。阿拉丁开心极了，他开始耐心地等待和公主结婚的那一天。

两个多月过去了，一天，阿拉丁的母亲出门，发现大街上张灯结彩、热闹非凡，官员们骑着大马走来走去。她向人打听："这是怎么回事啊？"

对方说："今晚白狄伦公主就要和宰相的儿子结婚了。"

阿拉丁的母亲赶回家，把这个坏消息告诉了阿拉丁。阿拉丁又气又急，他怎么也没想到国王居然不讲信用。他对母亲说："妈妈，您放心，我有办法娶到公主。"然后，他取出神灯，用手一擦。灯神出现了，问："主人，您有什么吩咐？"

阿拉丁说："国王答应把公主嫁给我，但今天他居然瞒着我把公主嫁给宰相的儿子了。我要你去把新郎新娘连床一块儿带到这儿来。"

过了一会儿，灯神果然把一对新人连同床一起搬来了。阿拉丁吩咐灯神把新郎关进厕所，并让灯神明早再把他们带回宫去。

公主忽然被劫到这里，吓得脸色发白。阿拉丁说："公主，我把你弄到这儿来，是因为国王已经把你许配给我了，但他却失信于我，又把你嫁给宰相的儿子。我不会伤害你的，你安心休息吧。"

阿拉丁累了，也倒在床上睡着了。

第二天早晨，灯神把一对新人连同床一起送回了宫中。国王一早去看望女儿女婿，他亲了亲公主的额头，公主却一声不吭，用愤怒的目光看着他。宰相的儿子冻了一夜，也说不了话了。王后怕国王生气，忙说："您多原谅公主吧，她刚结婚，还没有适应过来呢。"

送走国王，公主把昨晚发生的一切告诉了王后。王后又去问宰相的儿子。宰相的儿子怕说出真相，自己和公主的婚姻会告吹，就撒了个谎，说："母后，这事我可一点儿也不知道。”王后听了，以为公主只不过是做了一个噩梦。

这天夜里，阿拉丁又吩咐灯神把公主和宰相的儿子搬了来。第三天早晨，国王去看望女儿，向女儿问好，却见女儿愁眉苦脸地瞪着他。国王生气极了，拔出刀说：“到底发生什么事了？你为什么对我一点儿也不尊敬？”

于是，公主只好把这两个夜晚发生的事情告诉了国王。国王立即召见宰相，叫他去问问自己的儿子。在父亲的询

问下，宰相的儿子再也不敢撒谎，说出了真相。

听了宰相的报告后，国王说：“事情既然是这样，必须解除婚姻！”听说国王宣布解除公主的婚姻，人们都觉得奇怪极了，只有阿拉丁一个人知道这是怎么回事。

等到三个月期满那天，阿拉丁叫母亲去见国王。阿拉丁的母亲跪下向国王请安，然后说道：“禀告陛下，您规定的三个月期限已经满了。现在，阿拉丁和公主应该举办婚礼了吧？”

国王这才想起自己的诺言。可是，他看到阿拉丁的母亲那么寒酸，实在不愿意把公主嫁给阿拉丁。

他向宰相询问应对的方法。宰相说：“陛下，不如在聘礼方面提高要求，让他用四十个金沙制成的大盘，盛满上次送给陛下的名贵宝石，再由四十个白皮肤的婢女端着，在四十个黑皮肤的太监护送下送进宫来。他们做不到，自然就知难而退了。”

阿拉丁的母亲把国王的吩咐转告儿子。没想到，阿拉丁听了一点儿也不着急，反而哈哈大笑起来：“妈妈，您放心吧，我一定能办到。”

回到房间，阿拉丁唤出灯神，把国王要的聘礼说了一遍。大约一个小时后，灯神就把仆人和宝贝全带到阿拉丁面前，说：“主人，都带到了，还需要什么吗？”阿拉丁满意地点点头，说："以后有需要再找你吧。"

阿拉丁的母亲于是高兴地带着仆人和宝贝进宫去。宫中的护卫和内侍从没见过这么漂亮的婢女，也从没见过那么灿烂的宝石，一个个啧啧称奇，赶紧跑去向国王报告。

国王大喜，答应了这门婚事。阿拉丁的母亲把好消息告诉儿子，阿拉丁亲着母亲的手背，说了很多感谢的话。回到房间后，他取出神灯，唤出灯神，吩咐灯神带他去沐浴熏香，并准备好连国王都没见过的最好的衣冠。不一会儿，阿拉丁就变得容光焕发，活像一位尊贵的王子。阿拉丁又吩咐灯神给他四十八个仆人做卫队，还要十二个美丽的婢女陪伴着母亲一起去王宫。不一会儿，灯神就把一切都准备好了。

阿拉丁骑上坐骑，带着卫队浩浩荡荡地出发了。街上的行人看到那威武整齐的排场和装束，都赞叹不已。

国王非常重视这次婚礼，当着百官的面招阿拉丁为驸马。大家都很满意，只有宰相一个人嫉妒得发狂。

盛大的宴会结束后，国王叫来法官和证婚人，要在王宫给阿拉丁和公主举行订婚仪式。可阿拉丁这时却忽然向门外走去。国王见了，忙问："我的孩子，仪式马上就要开始了，你要去哪儿？"

阿拉丁郑重地说："我决定为公主建一幢新宫殿，以表示我对她的爱和诚意。”

国王很高兴，把王宫附近的一块地送给了阿拉丁，让他建造宫殿。阿拉丁回到家，取出神灯一擦，命令灯神道：“请你尽快在王宫附近造一座华丽的宫殿，里面的各种家具都要准备好。”

第二天清晨，灯神把阿拉丁带到一座巍峨的宫殿前。阿拉丁走进宫殿，只见储藏室里宝贝堆积如山，餐厅里餐桌、餐具都是金制的，房间里摆着精美的床，马房里饲养着高头骏马……阿拉丁满意极了，叫灯神准备金丝地毯，从新宫殿一直铺到王宫，好迎接公主。

国王看到这巍峨辉煌的新宫殿，心里自然分外高兴。大臣们也称赞不已，只有宰相不怀好意地说：“哼，这座宫殿只有魔法师才能一夜造出来。”国王听了，斥责道：“住嘴，阿拉丁能送给公主这么多宝物，难道就不能造一座宫殿吗？”

城里的百姓都在等着看阿拉丁和公主的婚礼。阿拉丁吩咐灯神准备好了一万枚金币，在进宫时一路走一路撒给两边的人们。

婚礼庆典开始了，乐师们演奏起欢乐的曲子，艺人们跳起舞蹈，欢声笑语响彻云霄。婚宴上，佳肴美酒应有尽有，大家开怀畅饮，好不热闹。

消失的宫殿

再说那位远在非洲的魔法师，他一想到阿拉丁就气得咬牙切齿。一天，他取出沙盘，卜算阿拉丁的下场和神灯的去向，发现阿拉丁并没有被困死在地道里。他愤怒极了，马上又算了一卦，得知阿拉丁竟娶了公主，气得浑身发抖。他决定去找阿拉丁报仇，并抢回神灯。

魔法师一到中国的境内，就去了阿拉丁的宫殿。魔法师看到那雄伟的宫殿，嫉妒得要命。他取出沙盘，算出阿拉丁外出了，而神灯就在宫殿里。于是，他叫铜匠做了几盏油灯。

魔法师带着这些油灯又来到宫殿前，高声喊着：“谁有旧灯，换新油灯！”白狄伦公主听了，觉得不可思议。婢女们有的说是假的，有的说是真的。有个婢女说在阿拉丁的房间里看到过一盏油灯，不如拿去换了试试真假。公主同意了。

公主并不知道，那可是阿拉丁的宝贝神灯！一会儿，仆人就拿着新换的油灯回来了。公主捧腹大笑，说没想到世上还真有这样的傻子。

拿到了神灯的魔法师心中狂喜，他唤出了灯神，命令道：“去把阿拉丁的宫殿连同里面的人一起搬到非洲城外的花园中，别忘了把我也一起带走。”一瞬间，魔法师、阿拉丁的宫殿连同里面的人，一起被灯神搬到了非洲。

第二天早上，国王惊异地发现新宫殿不见了，女儿也不见了。他马上召宰相进宫，问他这是怎么回事。

宰相说：“陛下，我提醒过您，这宫殿是魔法、巫术变出来的，可您偏不相信。”

国王生气地派人去捉拿阿拉丁。阿拉丁正在打猎，他还没弄清楚是怎么回事，就被捉到了国王面前。

国王下令杀了阿拉丁。没想到，命令一下，就有许多爱戴阿拉丁的百姓一窝蜂似的涌进了王宫，说如果杀了阿拉丁，他们就立刻把王宫拆了。

国王没办法，只好下令先放了阿拉丁。阿拉丁跪下来，向国王问道：“陛下，谢谢您的不杀之恩。我想知道我犯了什么法。”

国王气愤地说：“你看看你的宫殿去哪儿了，公主去哪儿了？”

阿拉丁透过窗户一看，大吃一惊——自己的宫殿不见了！他向国王发誓：“我真的不知道这是怎么回事！请给我四十天时间，四十天后，如果我找不到公主，陛下再惩罚我吧。”

阿拉丁找了整整两天，却没有发现任何线索。他来到一条小河边，疲惫地捧起水来洗手。他的手指刚一擦到戒指，戒神就出现了。阿拉丁一见戒神，惊喜万分，忙说：“请把我的宫殿和公主，还有宫里的一切都搬回来吧！”

戒神听了，愁眉苦脸地说：“主人，这是灯神才能做到的事情，我的法力不够。”

阿拉丁说：“那请你把我送到宫殿里去吧。”

戒神答应一声，一转眼就把阿拉丁送进了宫殿。阿拉丁刚好落到公主房间的外面。

白狄伦公主上当受骗后，被魔法师连同宫殿一起带到了非洲，整日以泪洗面。这天清晨，公主开窗看风景，正好看到了阿拉丁，阿拉丁也看到了公主。魔法师恰好不在，白狄伦公主就让阿拉丁从侧门进来，夫妻俩抱头痛哭。

阿拉丁拉着公主的手，问道：“公主，我房间里的油灯呢？”

公主叹了口气，说：“唉，就是这盏灯让我们倒霉的啊！”公主把事情从头到尾讲了一遍，她还告诉阿拉丁，魔法师每天都来向她求婚，而且每天都把灯带在身边。

阿拉丁和公主计划杀掉魔法师。于是，阿拉丁出去买了一瓶麻醉剂，然后潜入宫内，告诉公主：“等会儿魔法师来了，你把麻醉剂滴进酒里，骗他喝下去。”

一会儿，魔法师来了，公主装出很热情的样子，还答应了嫁给魔法师。

魔法师高兴极了，拿出好酒来庆贺。喝着喝着，魔法师有了几分醉意。白狄伦公主灵机一动，说自己的家乡有种习俗，相爱的人要互换酒杯喝酒。就这样，公主在自己的酒里偷偷滴下麻醉剂，然后和魔法师交换了酒杯。魔法师喝下酒后就晕倒了。

女仆连忙打开门，让阿拉丁进来。阿拉丁从魔法师的袋子里拿出神灯，并用刀杀死了魔法师。他马上擦了一下神灯，吩咐灯神："把这座宫殿和我们所有的人都搬回原来的地方吧。"

第二天清晨，阿拉丁和公主打扮好，准备去见国王；而国王清晨醒来，看到宫殿又出现了，也赶快骑上马去看望女儿和女婿。

国王抱住公主痛哭，公主把所发生的事情一一告诉了他，阿拉丁还带他去看了死去的魔法师。国王相信了阿拉丁，他马上下令大摆筵席，庆祝公主和驸马平安归来。全国整整热闹了一个月。

魔法师的哥哥

阿拉丁并不知道，魔法师还有一个哥哥——大魔法师，他的法力更大，心肠也更坏。他卜算到弟弟被阿拉丁杀死了，便赶到中国，决心为弟弟报仇。

大魔法师听说有位叫法图美的道姑，到处帮人治病，城里很多人都认识她。于是他来到道姑的住处，残忍地杀害了她，然后自己装扮成法图美的样子，来到阿拉丁的宫殿旁，假装帮人看病。

公主听说了，就派人把"道姑"请来，邀请她在宫中小住几天。公主给大魔法师假扮的法图美安排了一个小房间，还带她参观了自己的宫殿。

大魔法师装出对宫中的陈设很欣赏的样子，对公主说："这座宫殿实在太好了，只可惜缺了一样东西。"

"缺了什么呢？"公主忙问。

"如果能在大厅中央放上一个神鹰蛋，这里就称得上十全十美了。"大魔法师狡猾地说。

晚上，阿拉丁回来，发现公主闷闷不乐。一问，原来是公主觉得家里缺少一个神鹰蛋。于是，阿拉丁唤出了灯神，让他带一个神鹰蛋来。

没想到，灯神竟气愤地大喊起来："我一直辛辛苦苦地为你服务，没想到，你现在竟要我们王后的蛋来供你玩乐！不过，我知道这一切都是魔法师的哥哥扮成法图美挑唆你妻子做的。"

阿拉丁听后十分震惊。他假装头疼，倒在床上不住地呻吟。公主看了心疼不已，连忙派人去叫法图美，并对阿

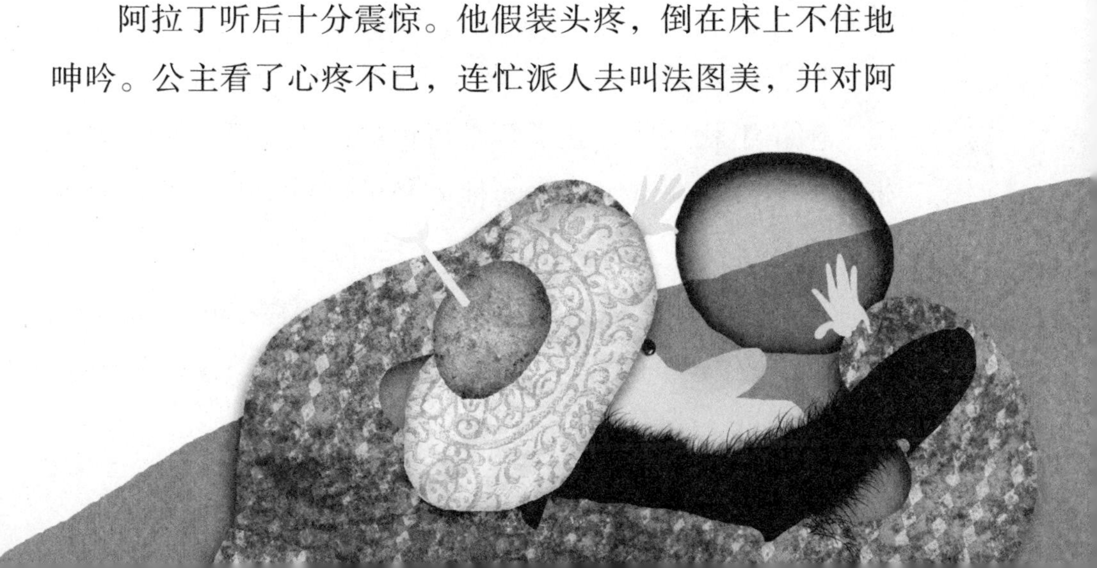

拉丁说："道姑法图美今天在宫殿外给人治病，被我请来了，我这就请她为你治疗。"

假扮的法图美走到阿拉丁的床前，用左手摸着阿拉丁的脑袋，假装替他祈祷治病，右手则伸进了长袍里，准备拔出匕首，一下子刺死阿拉丁。

阿拉丁把这一切看得清清楚楚。等大魔法师拔出匕首时，他以最快的速度抓住大魔法师的手臂，抢过匕首，一下扎进了大魔法师的心窝。

白狄伦公主吓坏了，惊叫起来："啊！阿拉丁，你为什么要杀死法图美道姑？她犯了什么错？"

"他不是法图美，而是杀害法图美的凶手。"阿拉丁说着，一把扯下了大魔法师的面纱。白狄伦公主看到一个满脸长着大胡子的男人，大吃一惊，这才明白了真相。她上前抱住阿拉丁，说："对不起，这是我第二次上当，差点儿害了你。"

阿拉丁安慰公主说："好公主，你也是被骗的。"

阿拉丁就这样战胜了两个可怕的敌人。几年后，国王逝世，阿拉丁继承了王位。他安邦治国，百姓从此过着安居乐业的生活。

阿拉丁和公主也永远相亲相爱地生活在一起。

阿里巴巴和四十大盗

在古代波斯国的一个城市里，住着两兄弟，哥哥叫卡西穆，弟弟叫阿里巴巴。

哥哥卡西穆娶了一位富商的女儿，于是得到岳父的资助资助，开了一间铺子，生意兴隆，很快成了城里有名的富商。

弟弟阿里巴巴则娶了一个穷人家的女儿，夫妻俩过着贫苦的生活，除了一间破屋，只有一匹毛驴。阿里巴巴每天赶着毛驴上山打柴，靠卖柴为生。

一天，阿里巴巴照旧赶着毛驴上山砍柴。他刚砍好柴准备下山，突然看到一支马队过来了。阿里巴巴怕遇到歹徒，就把毛驴赶到树林里的小路上，自己则爬上一棵大树躲了起来。

马队在大树下停下来。阿里巴巴透过浓密的树叶之间的缝隙往下看，发现这原来是一伙强盗，吓得不敢出声。他仔细数了数，一共有四十个强盗。

强盗们拴好马，带着抢来的东西，来到树下的大石头前。一个首领模样的人对着石头说："芝麻开门！"大石头就立刻分开，露出一个洞口来。强盗们一个接一个地走了进去。

阿里巴巴准备跳下树，偷一匹马逃跑。可他刚想下树，强盗们又都出来了。

首领对着大石头喊道："芝麻关门！"洞口就自动关上了。强盗们骑上马，离开了。

阿里巴巴等强盗们走远了，才跳下树来。他好奇地走到大石头前，说了声："芝麻开门！"话音刚落，门就开了。他一走进去，洞门就自动关上了。

阿里巴巴发现洞里堆满了强盗们这几年抢来的财宝，有丝绸、锦缎、毡毛毯，还有无数的金币和银币。

阿里巴巴家里正缺钱花。他把几袋金币捆在柴火里带出山洞，然后对着大石头说了声"芝麻关门"。关好洞门后，他找到毛驴，把柴捆放到驴背上，就高高兴兴地回家去了。

阿里巴巴的秘密

阿里巴巴回到家，马上关紧大门，把金币从柴捆里取出来，搬进了房间里。

阿里巴巴的妻子一见这么多金币，大惊失色，忙问："你是不是做什么坏事了？"阿里巴巴把刚才发生的一切原原本本地告诉了妻子，妻子这才放下心来。

她很想数数一共有多少金币，于是跑到卡西穆家，想向嫂子借一个小升。卡西穆的妻子想："阿里巴巴家这么穷，借小升干什么呀？"于是她偷偷地在小升底部涂上蜜蜡，然后把它借给了阿里巴巴的妻子。

阿里巴巴的妻子高高兴兴地回到家，用小升量好金币，然后，夫妻俩把这些金币藏在了刚刚挖好的地洞里。

阿里巴巴的妻子把小升还给嫂子时，并没发现小升底部的蜜蜡上粘着一枚金币。卡西穆的妻子看到这枚金币，羡慕极了，心想："原来他们借小升是量金币去了，可阿里巴巴那个穷光蛋怎么忽然这么有钱了呢？"

等卡西穆一回家，妻子就把阿里巴巴的妻子借升还升的事情告诉了他，还拿出金币给卡西穆看。

这天晚上，卡西穆翻来覆去，怎么也睡不着，想发财

都快想疯了。第二天一大早,他就跑去找阿里巴巴,对他说:“兄弟啊,你天天装穷,其实你是个超级大富翁!”

阿里巴巴惊讶地问:“您为什么这么说呢?”

卡西穆瞪大眼睛,生气地说:“不要装了!你从我家借走小升,是量金币去了。还回来的时候,小升底部还粘着一枚金币呢!”阿里巴巴见瞒不了哥哥,只好把强盗和山洞财宝的事情说了出来。

卡西穆听了,凶巴巴地说:“快把山洞的地点告诉我,还有,把开门关门的暗语也告诉我。要是不说,我就去官府告发你,把你抓去坐牢!”

阿里巴巴只好把山洞的地点和开关门的暗语都告诉了卡西穆。

第二天天刚亮，卡西穆就赶着十匹骡子来到山中，找到了那棵大树，也找到了藏宝洞。他高声喊道："芝麻开门！"洞门开了，卡西穆走进山洞，看见里面堆积着各种金银财宝，心里乐开了花。他刚进洞，洞门就自动关了起来。卡西穆赶紧装了一袋袋金币，准备让十匹骡子拉回去。可是，他忽然忘记了开门的暗语。他高喊"大麦开门"，门没有开。他又换了另外几种谷物的名字，可就是想不起"芝麻"来，急得团团转……

半夜，强盗们抢劫回来，看到洞外有许多骡子，觉得很奇怪。强盗头子用暗语打开洞门，带着众强盗进了洞。卡西穆听到强盗们回来了，吓得直往外冲，被强盗头子一剑砍成了两半。强盗们还把卡西穆砍成四块，挂在洞里，以警告擅自闯到这里的人。

埋葬哥哥卡西穆

这天深夜，卡西穆的老婆左等右等都不见卡西穆回来。她只得跑去问阿里巴巴："兄弟，卡西穆到现在还没回来，我很担心他遭遇了什么不测。"

阿里巴巴耐心地劝慰嫂子，让她回家去等。

卡西穆的老婆等到三更半夜，还不见人回来，忍不住痛哭起来："我为什么要把阿里巴巴的秘密告诉他呢？现在惹来灾祸，真是自作自受啊！"

第二天天一亮，卡西穆的老婆急忙跑到阿里巴巴家，求他务必去寻找哥哥。阿里巴巴安慰了嫂子一番，就赶着毛驴进了山。

走到大石头附近，他看到地上有点点鲜血，却不见哥哥和骡子的影子，就知道哥哥凶多吉少。他来到洞口，说道："芝麻开门！洞门应声而开。

阿里巴巴看到尸体，惊恐极了。他硬着头皮把尸体绑在毛驴上，又在毛驴上面装了几袋金币，才小心翼翼地赶着毛驴下了山。

回到家中，他把金币交给妻子，吩咐她埋起来，然后把哥哥的尸体送到嫂子家，并把经过讲了一遍。

阿里巴巴说完，严肃地对嫂子说："哥哥死了，我们都很悲痛。但是你要记住，我们必须严格保守秘密，否则强盗知道了，前来寻仇，可就不得了了。"卡西穆的老婆哭哭啼啼地答应了。

阿里巴巴又找来女仆马尔基娜，和她一起商议了埋葬卡西穆的事情，然后就牵着毛驴回家了。

阿里巴巴走后，马尔基娜来到一家药铺，问掌柜垂危的病人吃什么药有效。掌柜奇怪地问她是谁病了，马尔基娜伤心地说：“是我家老爷卡西穆生了重病，快要死了！”说完，她买好药，急匆匆地回家了。

第二天，马尔基娜又去药铺买另一剂效用很强的草药，装出忧愁苦闷的样子，唉声叹气地说：“我真担心老爷连吃草药的力气都没有，不等我到家就咽气了。”

此时，阿里巴巴也做好了一切准备，只等卡西穆家传出噩耗，就赶去治丧。

第三天清早，马尔基娜戴上面纱，来到老裁缝穆斯塔发的裁缝铺，给了老裁缝一枚金币，蒙住他的眼睛，请他跟自己回家一趟。

马尔基娜牵着老裁缝的手，进到一间黑房子里，解开蒙住他眼睛的手巾，吩咐他把卡西穆的尸体缝合起来。老裁缝圆满完成了任务。马尔基娜很满意，又给了他一枚金币，再次蒙上他的眼睛，把他送回了裁缝铺。

之后，阿里巴巴召集众人，为哥哥卡西穆举行了葬礼。除了阿里巴巴、马尔基娜和卡西穆的老婆知道整件事情的始末外，城中的人都不知道这个秘密。

哥哥去世后，阿里巴巴十分照顾嫂子，并让卡西穆的大儿子继承了遗产，重新开铺子做买卖。

被强盗发现

再说强盗们，当他们再次来到宝库时，发现卡西穆的尸体不见了，又检查了一下，发现许多金币也不见了。强盗头子生气地说："我们得认真追查这件事，否则我们的宝贝会一点一点被偷光的！"于是，强盗头子派出一个机警的人，装成外地商人，走街串巷探听城中最近谁家死了人，居住在什么地方。

这人清晨出来四处打探，发现只有裁缝穆斯塔发的铺子开着，穆斯塔发正在做针线活儿。这个强盗好奇地问："天才蒙蒙亮，你就在做针线活儿了？你的眼睛看得见吗？"

穆斯塔发说："你是外乡人，还不知道我的能耐，我曾经在一间漆黑的房子里，缝好了一具尸体。"

强盗连忙给了他一个金币，问他："你把那个地方告诉我，或者带我上那儿去一趟吧。"

穆斯塔发说："我是被蒙着眼睛去的那个地方，我不记得路啊。"

强盗想了想，说："没关系，我也把你的眼睛蒙住，没准儿你就能记得怎么走了。"说着，他又给了穆斯塔发一枚金币。

穆斯塔发被强盗蒙上眼睛，凭着记忆一直摸到了卡西穆的家门前——如今是阿里巴巴住在这里了。强盗用白粉笔在大门上画了一个记号，就急忙赶回山洞报告去了。

马尔基娜出门办事，看到了门上的白色记号，大吃一惊。她沉思片刻，料到是仇人做的，便在所有邻居的大门上都画了同样的记号。

夜里，那个强盗带着强盗头子一伙前来抓人，却发现家家户户门上都有一个相同的记号。那个画记号的强盗被搞糊涂了，连连说："这怎么可能呢？"

没办法，强盗头子只得叹了口气，说："看来我们是白辛苦一场，先回山洞再说吧。"

回到山洞，强盗头子处罚了先前去探听消息的那个人，

又重新派了一个人去探听消息。

这个强盗又找到了穆斯塔发，跟着他来到了阿里巴巴的住宅前。他在门柱上用红粉笔画了一个记号。然而这个记号又被马尔基娜发现了，她又在所有邻居家的门柱上也画上了同样的记号。

智斗强盗

当强盗们再次进城来报复时，发现每家住户的门柱上都有一个红色记号，只好再次垂头丧气地离开了。

强盗头子把第二个探听消息的人也抓了起来，生气地说："这次我得亲自出马，去寻找那个人的住处！"

于是，强盗头子单枪匹马到了城中，还是去找裁缝穆斯塔发，跟着他顺利地到了阿里巴巴的住所前。他吸取前两次的教训，没再做任何记号，只是把四周的景物牢牢地记在了心里。然后，他马上回到山洞，召集手下。他让手下准备十九匹骡子和一大皮袋菜油，以及三十八个一模一样的大瓦罐。

东西准备好后，强盗头子让三十七个手下钻进三十七个大瓦罐里，剩下的一个瓦罐用来装油，再把这些瓦罐驮在十九匹骡子的背上。他自己则扮成卖油商人，假装运油进城。

他们很快来到了阿里巴巴家。阿里巴巴正好在门前散步，强盗头子上前请安，说："我是从外地来此做买卖的，天晚了，没地方住，恳求您让我在您的院子里暂住一夜，好吗？"

阿里巴巴没认出乔装打扮的强盗头子，答应了他的要求，让他把瓦罐卸到一间空闲的堆放杂物的房子里，并吩咐女仆马尔基娜为他准备晚饭和床铺。

这天夜里，强盗头子偷偷来到堆放杂物的房间，压低声音告诉躲在瓦罐里的强盗们："半夜，你们听到我的喊声，就钻出来。"

马尔基娜这时正在给主人煮肉汤。她发现油灯快没油了，便拿着油壶到堆放杂物的房子里取油。她打开一个瓦罐，瓦罐中的强盗以为是强盗头子来了，轻声问："现在是该出去报复的时候了吗？"

马尔基娜吓了一跳，但她马上随机应变地回答道："还不到时候呢。"她走过一个个大瓦罐，告诉里面的每一个强盗"还没到时候"。

走到最后一个瓦罐的时候，她发现里面装的是菜油，就灌了一壶,拿到厨房给灯添上油。然后,她又回到杂物房，弄了一大锅油，并且架起柴火，把油烧开，再往每个瓦罐里都浇了一瓢沸油。藏在瓦罐里的强盗一个个都被烫死了。

干完这件事情后，马尔基娜回到厨房，继续给主人阿里巴巴烧肉汤。

过了一阵儿，强盗头子拍手发出暗号，叫手下们都出来，可没有丝毫动静；他再拍手，并呼唤手下，还是没有反应；他只得耐着性子，第三次发出信号，可还是得不到任何回答。

强盗头子慌了，他奔到杂物房里，走到瓦罐前，却闻到一股难闻的热油气味。他伸手一摸，瓦罐上滚烫滚烫的，这才明白过来，他的手下不出声，是因为都被沸油烫死了。

他害怕极了，跳墙来到后花园，逃之夭夭了。

第二天，马尔基娜把一切都告诉了阿里巴巴，并带他去杂物房里看那些死在瓦罐里的强盗。

阿里巴巴吃了一惊，镇定下来后，他问马尔基娜："那个贩油的商人哪里去了？"马尔基娜把强盗头子如何发出暗号、如何到杂物房看到强盗们都死在了瓦罐里，以及如何逃走的过程告诉了阿里巴巴。接着，马尔基娜又告诉了主人门前两次被人做了记号的事情。她对阿里巴巴建议道："四十个大盗现在还剩下三个。强盗头子逃跑了，老爷必须加倍提防。"

阿里巴巴带人掩埋了三十七具强盗尸体，又把油罐和其他东西都藏了起来。

勇杀强盗头子

强盗头子悄悄逃回山洞，心里愤怒极了，下决心一定要杀掉阿里巴巴。

第二天天刚亮，强盗头子就乔装打扮，进了城，并在一家客栈住下。他想：阿里巴巴杀死了那么多人，官府一定会过问，他现在可能已经被抓起来了。

于是，他向客栈的伙计打探消息。伙计没说出关于阿里巴巴的事，强盗头子很失望。他改名为瓦吉·哈桑，租了一间铺子，从山洞中搬来一些上好的货物，摆设起来，假装做起了生意。

恰巧，强盗铺子的对面，就是阿里巴巴侄子的铺子。强盗头子以瓦吉·哈桑的身份很快和各位商人结下交情，尤其和阿里巴巴的侄子来往密切。

几天以后，阿里巴巴到铺子去看望侄子，被强盗头子一眼认了出来。等阿里巴巴走后，他问阿里巴巴的侄子："这是谁啊？"

阿里巴巴的侄子告诉他："是我叔父。"

从此以后，强盗头子对阿里巴巴的侄子格外热情，还经常请他吃喝。

过了一些日子，阿里巴巴的侄子决定邀请瓦吉·哈桑到家中做客。他找阿里巴巴商量，阿里巴巴说："你明天先邀请他去公园走走，到吃饭的时候，再请他到咱们家来，我会让马尔基娜预备一桌丰盛的筵席款待他。"

第二天，强盗头子来到阿里巴巴的住处，阿里巴巴热情地拉起他的手，感谢他照顾自己的侄子。主客开心地畅谈起来。阿里巴巴留强盗头子吃饭，强盗头子却说自己病了，不能吃带盐的食物。（阿拉伯的风俗，认为客人吃了主人家的盐，便不能做对不起主人的事。）

阿里巴巴为了挽留客人，连忙吩咐马尔基娜做菜不要放盐。马尔基娜听到这个吩咐，感到非常奇怪。她把菜做好后，趁着摆桌椅的机会，偷偷打量了一下客人。虽然强盗头子乔装打扮了一番，但马尔基娜还是认出了他。她还看见强盗头子的袍子下藏着一把短剑。

马尔基娜心想："这个坏蛋原来是想找机会害主人呢！我一定要先下手为强。"吃完饭，马尔基娜让阿卜杜拉送上糕点，自己送上酒和酒杯后，就退下了。

强盗头子兴奋极了，心想："现在正是报复的时机。"马尔基娜换上舞衣，头上缠着鲜艳的头巾，脸上罩着面纱，腰上束着围腰，围腰上挂着一柄镶嵌着金银宝石的匕首，让阿卜杜拉带上手鼓和她一起去客厅为客人表演。

阿卜杜拉手鼓一敲，马尔基娜就翩翩起舞。

正当主人和强盗头子看得出神的时候，马尔基娜突然抽出匕首，同时快速地旋转起来，从这一边舞到那一边，做出各种优美的姿势。她另一只手拿着手鼓，向众人讨赏钱。阿里巴巴扔了一枚金币在手鼓里，他的侄子也扔了一枚，强盗头子低头正掏腰包，马尔基娜看准机会，鼓足勇气，将匕首对准他的心窝猛刺进去，一下子结果了他的性命。

阿里巴巴大吃一惊，问："马尔基娜，你干什么？"

马尔基娜理直气壮地说："主人，我刺死这个人，是

为了救你啊！不信，你解开他的外衣看看。”

阿里巴巴看到强盗头子外衣下的短剑，一时惊得目瞪口呆、哑口无言。

马尔基娜又说：“主人，他是你的死敌，上次扮成贩油商人的就是这个强盗头子！”

阿里巴巴感激地看着马尔基娜，说：“谢谢你从他手中救了我两次。现在，我要报答你的救命之恩，恢复你的自由身，并把你许配给我的侄子。”

说完，阿里巴巴回头对侄子说："马尔基娜是一个聪明智慧、忠诚可靠的女人，她为我们除了一害，使我们转危为安。有她在你身边辅佐，相信你的生意会越做越好，生活也会越过越红火。”

阿里巴巴的侄子高兴地答应了。他们把强盗头子埋到了后花园，从此守口如瓶。之后，阿里巴巴亲自为侄子和马尔基娜举行了隆重的婚礼。

过了些时候，阿里巴巴又来到山洞。他看看四下无人，就对着洞口说："芝麻开门。”洞门打开了，阿里巴巴看到里面的金银财宝原封不动，就知道那些强盗都已经完蛋了。他又装了一袋金币，带回家去。

后来，阿里巴巴把山中宝库的秘密告诉了自己的子孙，并教给他们暗语。就这样，阿里巴巴和他的子孙们一直过着富裕的生活。

乌木马的故事

古时候，有个非常有权势的国王，他有一个儿子和三个女儿。太子英俊潇洒，公主们如花似玉。

一天，国王正在处理国家事务，忽然有三个哲人求见，一个拿着金乌鸦，一个拿着铜喇叭，还有一个抬着乌木马。国王奇怪地问："这些是什么？都有什么用途？"

金乌鸦的主人说："这是金乌鸦，不管白天黑夜，每过一个小时，它就能报告时间。"

铜喇叭的主人说："这支铜喇叭放在城门下，可以当卫兵。如果敌人临城，它能发出警报。"

乌木马的主人说："主上，这匹乌木马，能带人飞向任何地方。"

国王听了他们的话，先试了试金乌鸦，果然和主人说的一样；又试验了铜喇叭，也和主人说的相符。国王很高兴，把两个公主许配给了这两位哲人。

这时，乌木马的主人跪下来说："国王，请试试我的宝贝。"

太子听了，自告奋勇说："父王，请让孩儿来骑这匹马，再把它的用途报告给您听。"国王见太子这么懂事，高兴地点了点头。

太子骑上木马，马儿却一动不动。他嚷道："哲人，这木马怎么一动不动啊？"

哲人走过去，指着木马身上的一颗钉子说："捏着它吧。"太子伸手一捏钉子，马儿就震动起来，飞到高空，一直高到看不见地面。

糟糕，太子还不知道怎么下去呢！他仔细观察，发现马的肩膀下面左右各有一个按钮。他伸手捏住右边的按钮，

马儿飞得更高更快；捏住左边的按钮，马儿飞行的速度就慢了下来，并开始向下降落。

太子欣喜若狂，他轻松自如地驾驶着木马，在空中遨游。最后，他来到了一个从来不曾到过的地方。这里树林茂密、绿草如茵，河水缓缓地流淌，还有一座美丽的宫殿。

太子慨叹道："哦，这个美丽的地方叫什么名字呢？"他捏住左边的按钮，马儿慢慢地落在了那座宫殿的平顶上。

遇见公主

太子在宫殿顶上欣赏着美景，突然听见自己的肚子一阵咕咕叫。于是他走下楼梯，想找点儿东西吃。

下面是一个宽敞的院落，地上铺着洁白的大理石。但周围一片寂静，连个人影也没有。他正在失望的时候，忽见远处有灯光缓缓向这边移动，原来是一群婢女簇拥着一个美丽的女子走了过来。那女子就是这个国家的公主。国王非常宠爱她，特意为她建造了这座行宫。公主心情不好时，就来此解闷。

太子趁公主他们玩得热闹的时候，一下子冲了过去，还打倒了一个仆人。仆人们都吓坏了，只有公主临危不乱，说："也许你是昨天求婚被我父王拒绝的那位太子吧？父王说你相貌丑陋，但我见你英俊非凡，显然是我父王在撒谎啊。”

原来，印度王子曾向公主求婚，却因为相貌丑陋被拒绝了。

这时，被太子打昏的仆人醒了过来，跑到太子跟前，问道：“你到底是人还是神？”太子拿起宝剑，说：“你这该死的奴才，胆敢把波斯国的太子当鬼神看待。我是驸马，你们的国王已经把公主许配给我了。”

仆人听了，惊慌失措地跑回王宫，向国王禀报：“主上，快去救公主吧！她被一个冒充太子的魔鬼纠缠住了。”

国王听了很震惊，急忙来到行宫，向宫女们打听情况。宫女们如实向国王报告了一切，国王心中的怒火这才熄灭。他看到太子和公主谈得很亲密，便抽出宝剑，直逼太子。太子见了，忙问公主：“这是你的父王吗？”

公主说：“不错。”

太子紧握宝剑，准备迎战。国王哪有年轻人强壮，只好无奈地将宝剑收回，走近太子，问：“年轻人，你究竟是人还是神？”

太子说：“我是波斯王国的王子，怎么可能是鬼神呢？我父亲波斯王有无上的权威，要是他发兵过来，就可以消灭你的王国。”

国王听了，惊慌极了，叫道："那你既然身为王子，为何要闯进我的宫殿？为何还要造谣说我已把公主许配给你了？只要我开口，我的仆从会立刻冲进来杀死你，请问谁能救得了你呢？"

太子说："国王，难道我不够好吗？你到哪儿去找一个比我更好的女婿呢？"

国王想了想，说："你要想娶我女儿，必须请三媒六证前来求婚。这样偷偷摸摸就想娶走我女儿，简直是在侮辱我。"

太子说："也许你说得对。可是你刚才说要命仆从进来杀我，所以我要和你决斗！你明天就召集兵马，和我比武吧！告诉我，你有多少兵马？"

国王说："四万人。"

太子说："好吧！要是我能击败他们，就选我为驸马，如何？"

国王见太子威武不凡，就一边和太子聊天，一边吩咐宰相召集兵马。国王和太子越谈越开心，直到黎明，国王才起身回宫，去准备和太子比武的事情。国王带太子去看自己的军队阵容，并当众宣布："这个青年王子要向公主求婚，说他单枪匹马就可以战胜你们。将士们，准备战斗吧！"

太子对国王说："主上，这不公平，他们都坐在马上。"

国王说："我也给你挑了一匹战马啊！可你却不愿意骑它。"

太子说："我当然不要你们送的战马，我要我自己的战马。它就在行宫的屋顶上。"

国王惊讶地看了太子一眼，转头吩咐侍从去行宫屋顶瞧瞧这到底是怎么回事。

侍从果然在那儿发现了一匹马，但他走近仔细一瞧，却发现是用象牙和乌木做的木马。他哈哈大笑起来："那小子说的战马原来是木马，他大概是疯了吧？"随后，侍从们从屋顶上抬下木马，搬到了双方比武的地方。

比武开始了。太子笑道："国王，现在我要骑我的马了。请做好准备吧，免得等会儿你的士兵抱头鼠窜！"说完，太子跨上乌木马，做出准备迎战的样子。国王的军队正要冲上去时，太子伸手捏住了木马上的开关，乌木马立刻蹦跳起来，向上飞去。国王见此情景，大声叫道：“快，捉住他！别让他跑了！”

宰相安慰道：“主上，这人肯定是个大魔术师。真主会保佑陛下平安，不会有事的。”

国王只得闷闷不乐地转回宫去。

公主听说太子离开了，十分忧伤，因为她已经深深爱上了这个勇敢机智的小伙子。不久，她就身染重病，卧床不起了。

公主失踪

太子驾着木马，摆脱了危险。因为心里也惦念着公主，他暗暗记下了这座城市的名字——萨那城。

他赶回自己国家的京城，降落在王宫的平顶上，然后下马进宫。

国王一见朝思暮想的太子回来了，欣喜若狂。当太子得知父亲把那个献乌木马的哲人关起来了时，连忙叫父亲放了他。

哲人被放了出来。他听说太子打算跟萨那城的公主结婚，很后悔自己说出了乌木马的秘密。

国王对太子说：“儿啊，你这次大难不死，以后再也不要驾驶乌木马了！”但太子实在太思念公主了。一天，他偷偷驾驶着乌木马出发了。

太子来到萨那城，发现公主病得都不能起床了。公主见到太子，欢喜地挣扎着坐起身来。太子问：“公主，你不在我身边，我很思念你，你愿意到我的家乡去吗？”

公主惊喜地回答：“我愿意。”

太子带着公主坐上乌木马，开动升腾的按钮，向天空

飞去。

回到家乡后，太子先把公主安置在御花园的行宫里，然后去向父王禀告自己带回了公主。

国王大喜，吩咐大臣和士兵穿戴整齐，前去迎接公主。太子还布置了一座宫殿准备让公主居住。可他们一进御花园，却发现公主不见了，乌木马也不见了！

太子气得差点儿昏倒，过了好一阵儿，他才清醒过来。他想："公主不知道驾驶乌木马的秘密啊！噢，我知道了，是那个造木马的哲人为了报复，带走了公主和乌木马！"

太子询问园丁，园丁说曾经看见哲人来园中采集标本。太子于是断定：带走公主和乌木马的一定就是那位哲人。

原来，哲人骗公主说，是太子派自己来接她的。然后，他带着公主骑上乌木马，飞上了天空。公主见木马越飞越高，奇怪地问："太子到底在哪里？"

哲人说："我是骗你的。这匹乌木马是我制造的，可是被太子抢走了，并且把你弄到了手。我要报复他！从今以后，你就跟着我吧，我会比太子对你更好的。"

公主听了，伤心地哭泣起来。哲人驾着木马，飞到希腊境内，在一个平原地带降落下来。

这一天，希腊国王正好外出打猎，经过这里。哲人没防备，被国王的士兵抓住了，和公主一起被押到国王面前。

希腊国王见哲人很丑，公主却很漂亮，好奇地问："姑娘，你和他是什么关系？"

哲人指着公主说："她是我的妻子。"

公主连忙摇头："不！不！我不是他的妻子，我是被他骗来的。"

希腊国王于是下令责打哲人，并把他关进监狱，还把公主和乌木马一起带回了宫中。

寻找公主

公主不见后，太子心中非常悲苦。他下定决心，就是走遍天涯海角，也一定要把公主找回来。

他一路经过无数城市和村庄，历尽了艰辛。每到一处，他就四处打听乌木马的消息，但始终没有什么结果。

这一天，太子来到希腊。他拄着拐杖走进一家旅店，只听一个客商在说："我路过京城时，听说了一件奇怪的事。有一天，国王去打猎，看到了一个很丑的老头身边带着一个漂亮的女子和一匹乌木马。后来，国王知道老头是骗子，就把他打了一顿，关进监狱，然后把那个女子和乌木马带回了宫……"太子听了，连忙走上前去，和他交谈起来，并向他打听到了国王的姓名和去京城的方向。

第二天，太子赶到京城，正准备进城，却被士兵拦住了。士兵说要把他先带到国王那里去，只有等国王询问了他住在哪里、从事什么行业和为什么来京城后，他才能获准留在城中。

因为这时天已经很晚了，士兵只好暂时带他到监狱去住。由于太子长得器宇不凡，狱卒们就请他一起吃喝。饭后，大家问他："你是从哪儿来的？"

太子回答："我是从波斯国来的。"

大家听了，哈哈大笑："我们监狱里有个老波斯人，长得又老又丑，举止荒唐极了。"

太子问："怎么荒唐呢？"

"他冒充哲人，"狱卒们说，"在身边带着一个美女和一匹乌木马，还说自己是那姑娘的丈夫，结果被关了起来。那个姑娘被国王带进宫中，发疯了，国王一直在找医生为姑娘治病。老波斯人在监狱里每天叹气哭泣，吵得我们不能睡觉。"

这天夜里，太子果然听到了一阵叹息和抽泣声。他走过去一看，只见哲人坐在一间牢房的地上，正在自言自语："唉，我哈吉尔沦落至此，都是因为欺骗太子，一心想要抢夺公主。如果不是这样，我也不会被关在这里啊……"

太子听到这里，忽然想到了一个好主意。

第二天，太子被带到宫中觐见希腊国王。国王问：“你从哪儿来？叫什么？做什么的？为什么到这儿来？”

太子回答道：“我叫哈吉尔，是波斯人，我的职业是医生。”

听了太子的话，国王高兴地说：“尊贵的医生，我的宫中有个女郎生病了，正四处寻找医生呢。如果你能医治好她的疯病，你要什么，我就给你什么。”说完，国王讲述了那位姑娘的来历。

太子问：“他们带来的那匹木马呢？”

国王回答：“放在一座宫殿里。”

太子想去看看木马有没有损坏，便对国王说：“姑娘的病和木马有关，我要去查看一下那匹木马。”

国王听了，就带着太子来到藏木马的宫中。太子仔细检查，发现木马完好无损，高兴极了。他对国王说：“经我查看，已经找到原因了，带我去为那姑娘治病吧！”

逃离希腊

国王带着太子来到公主的住处，只见公主头发乱糟糟的，满嘴胡言乱语。其实，公主并没有病，她只是在装疯。太子耐心地和她谈话，慢慢地让公主认出了自己。

公主得知眼前的人就是太子后，高兴得昏了过去。国王以为公主怕自己，连忙退了出去。太子趁机在公主耳边说："我是来救你的，我们现在要想办法从国王手中逃离。你先骗他说病已经好了，我再找机会带你走。"

说完，太子走了出去，对国王说："主上，我已经治好这位姑娘的疯病了。"国王听了，欣喜若狂，连忙走进去看公主。

太子说："主上，为了使姑娘完全康复，请陛下让我带着她和乌木马到陛下打猎时碰到她的地方去。我要在那儿把妖魔斩掉，这样，她就能永远平安健康了。"

国王马上率领部队，带着太子、公主和乌木马来到那天打猎的地方。太子对国

王说：“请让姑娘和我一起坐在木马上。木马飞起来时，我斩掉妖魔，姑娘的病就彻底好了。”国王满心欢喜地点点头。

太子和公主骑上木马，太子开动起飞的按钮，马儿瞬间腾飞起来。木马越飞越高，不一会儿就不见了。国王他们等了半天，始终不见太子回来，这才意识到上当了。

就这样，太子救回了公主。他们骑着乌木马飞回了波斯的王宫。国王和王后十分欢喜，为太子和公主举办了隆重的婚礼。国王为了太子以后不再发生什么意外，把乌木马烧掉了。

太子和公主结婚后，立即派使臣赶去萨那城，送上书信和礼物。公主的父亲得知女儿平平安安，还成了波斯国的太子妃，非常开心，也托使臣送礼物给太子。从此以后，两国和平友好地往来着。

后来，波斯国王驾崩，太子继承了王位。他日理万机，成了一个令百姓称颂的好国王。

辛伯达航海历险记

古代的巴格达城中住着一个叫辛伯达的航海家，他一共经历过七次航海旅行，次次都离奇古怪，充满传奇。晚年的时候，他经常把这些经历讲给城中的人听。

一次，一个年轻的脚夫路过他的宅院，坐在门前的石凳上休息。看着眼前富丽堂皇的房屋和美丽怡人的风景，再想想自己悲惨的生活，他不禁感叹命运的不公。听到这抱怨之声的辛伯达让人把脚夫请进他的家中，热情地欢迎他，亲切地与他交谈，并且与他一起共进午餐。

吃过饭后，这位已经须发皆白的老航海家对年轻人说："你的话深深触动了我，让我的情感与你有了共鸣。现在，我想告诉你我的一些经历，听了之后，你就会知道，这样富有、阔绰、舒适的生活是用怎样的艰险和困苦换来的。”

辛伯达又对众人说：“我的每一次航海都可以写成一个惊心动魄的故事，听上去令人觉得不可思议。你们可能觉得讲这些故事的人是魔法师、说书人，甚至是疯子，可这些都是我的亲身经历。也只有经历过颠沛流离的人，才能体会我今日的安宁来之不易。”

在场的人都想听听辛伯达的这七次航海经历，于是他便给众人讲了起来。

第一次航海旅行

辛伯达的父亲是个商人，在他很小的时候就去世了，留下许多遗产。辛伯达长大后，吃喝玩乐，无所不为。有一天他突然醒悟过来，可惜这时钱财已经快花光了。他卖掉家具、衣物和田产，获得了三千金币。他拿着这些钱，跟外出旅行的商人一起去做生意。

辛伯达准备好货物和行李就出海了。船在海上航行了几天几夜，经过许多岛屿。海上生活很快乐，每到一个地方，他们就上岸去做买卖。

一天，船经过一个小岛，大家快乐地上岸，在岛上欣赏风景、煮饭吃饭……忽然，船长呼喊大家上船，说小岛危险，万一沉入海底就糟糕了。旅客们听了，赶紧扔下手里的东西，奔上船去。

小岛真的向海中沉下去，辛伯达来不及逃走，随着小岛沉入了大海。幸好，他抓住了一个旅客掉在水中的木托盘。船长全然不顾掉落在水里的旅客，很快驾船离开了。

辛伯达在大海上漂流了一天一夜，漂到一座荒岛上，直到第三天才苏醒过来。他饿了就摘野果吃，渴了就喝泉水，几天以后身体才慢慢复原。

一天，辛伯达在海边散步，看到远处有一个影子。走近一看，原来是一匹被拴在这里的骏马。这时，有一个人走过来问辛伯达："你是谁？从哪儿来？来做什么？"

辛伯达回答："我是旅客，遇险来到这里。"那人把辛伯达拉到地窖的一个餐厅里，请他吃了一顿饭。辛伯达把自己的身世和遭遇详细地对那人说了一遍。

说完后，辛伯达问那人："现在，也请你告诉我你是谁，那匹马又是怎么回事吧？"

对方答道："我们是为国王麦希尔嘉养马的。月明时，我们把高大健壮的母马拴在海滨，然后躲进地窖。海马会跑过来和母马交配。之后，我们就赶走海马。母马受孕后生出的小马很美丽，比任何好马都值钱。"

正说着，养马人忽然发现了海马，他呼喊伙伴们一起

赶走了水牛般大小的海马。养马人聚集在一起，大家带着辛伯达去王宫拜见国王。

国王听了辛伯达的遭遇，感到十分惊奇，便安排辛伯达做管理、登记过往船只的工作。辛伯达每次到海滨，都向旅客打听有没有去巴格达的船只，可是始终没有消息。

在国王麦希尔嘉的领土里，有个叫科彼鲁的小岛。岛上日夜可以听到锣鼓之声，那里的海里有二十丈长的大鱼，也有奇异的猫头鹰鱼。

辛伯达负责在科彼鲁巡视。一天，他登记一条船只的情况时，发现船中的货物竟然是自己的。

船长说："货物的主人辛伯达淹死了。我要卖了这些货物，把钱带回巴格达，交给他的亲人。"辛伯达仔细看了看船长，认出他正是自己遇险时乘坐的那只船的船长。

辛伯达激动地说："船长，我就是这些货物的主人辛伯达呀！"

船长不相信，辛伯达便把自己的遭遇说了一遍，船长这才相信，立即把货物交还给辛伯达。辛伯达挑选了其中几样名贵的东西献给了国王。国王明白了辛伯达以前说的全是事实，于是更加尊重辛伯达，还送给他许多礼物。

辛伯达卖掉货物，赚了一大笔钱。他又买了些土特产装到船上，然后就和国王道别，踏上了回乡的路。

辛伯达又开始了海上漂泊的旅行生活。他和旅客们日夜兼程，平安到达巴士拉。又过了几天，辛伯达回到了故乡巴格达。

辛伯达在这次旅行中赚了不少钱。从此，他富甲一方，过上了舒适的生活。

第二次航海旅行

过了一阵儿舒服日子后，忽然有一天，辛伯达又想出去旅行了。主意打定，他就立即收购了一些货物，乘船出发了。

船过了海湾，到达港口；驶过岛屿，到达海国。每到一处，辛伯达就和其他商人一起上岸做买卖，生意很红火。

一天，辛伯达他们登上一座美丽的小岛。辛伯达坐在小溪边，边看风景边吃东西。岛上凉风习习，大家不知不觉睡着了。辛伯达一觉醒来，才发现商船已经开走了。

辛伯达四处看看——没有一个人，他绝望极了，哭了起来，后悔为什么不待在家里享福，非要自找苦吃。后来，他爬上一棵大树，向远方眺望，忽然看到有一个巨大的白影。辛伯达好奇极了，赶紧从树上滑下来，跑去看个究竟。原来，那是座白色圆形建筑。辛伯达围着它找了半天，都没找到大门。正当他急得团团转时，太阳忽然不见了，到处一片漆黑。辛伯达抬头一看，空中有一只巨大的神鹰。原来那白色的圆形“建筑”是颗神鹰蛋！神鹰慢慢落下来，落在神鹰蛋上，开始孵小神鹰。

辛伯达忽然心生一计。“不如让神鹰带我离开这里。”这么想着，他解下缠头，搓成一条绳子，一头拴住自己的腰，一头绑在了神鹰腿上。

第二天清晨，神鹰飞起来，带着辛伯达直冲云霄。神鹰飞了好久，最后落到一座高岗上。辛伯达赶紧解开缠头，跳了下来。

这时，神鹰从地上抓起一条又粗又长的蟒蛇，飞向了天空。辛伯达向前走了几步，才发现自己站在一个很高的地方，下面是深深的峡谷，四面全是悬崖。

辛伯达走进山谷，看到遍地都是钻石和粗大的蟒蛇。这时，天黑了下来，辛伯达发现附近有个山洞，于是赶紧钻了进去，又推过一块石头堵住洞口。没想到，洞里有一条大蛇正在孵蛋。他吓得全身发抖，一动也不敢动，一整夜没敢合眼。

好不容易等到第二天清晨，辛伯达飞快地推开大石头，逃了出去。这时，天上忽然落下来一只死羊，差点儿砸在他头上，吓得他直哆嗦。

辛伯达忽然想起一个传说：珠宝商们把羊宰了，剥掉皮，然后丢到山谷里。等羊肉上沾满钻石，被神鹰抓住飞向山顶时，他们再追着喊着，赶走神鹰，然后把神鹰扔下来的羊肉上的钻石取下来。

辛伯达赶紧跑上前去，果然发现死羊身上有许多钻石。他把钻石取下，一一收起来。为了能尽快离开山谷，辛伯达用绳子把自己跟死羊绑在了一起。

不一会儿，一只神鹰抓起死羊飞上高空。它正要啄食羊肉时，珠宝商们追上来，把它吓走了。珠宝商们跑过来，却见羊肉上什么都没有，都生气地问："是谁夺走了我们的珠宝？"

这时，一个珠宝商人看见了辛伯达，就问他："你是谁？为什么到这儿来？"

辛伯达说："别害怕，我是个商人，有着不幸的遭遇，稀里糊涂地来到了这里。我这儿有许多钻石，分一些给你吧。"这个商人非常感动。其他商人见辛伯达这样友好，也都邀请辛伯达跟他们一起上路。辛伯达和商人们一起安全地过了一夜。

第二天，他们来到一片宽阔的原野上。这里长满了高大的樟脑树。要取樟脑，只要在树干上凿个洞，汁液就会流出来。

原野上还有很多犀牛，它们的头上长着十来尺长的角。这些犀牛会用角顶死大象，然后把大象顶在头上乱跑。不过，当大象身上的脂肪在烈日下熔化，流到犀牛的眼睛里时，犀牛的眼睛就瞎了。这时，犀牛会被神鹰抓去喂养小神鹰。

辛伯达从一个城市旅行到另一个城市。每到一个地方，就用钻石换货物，再把货物运到各地贩卖，就这样一直到达了巴士拉。几天后，他带着赚来的大量金银财宝和货物回到了巴格达，又和亲人、朋友们团聚在一起。

第三次航海旅行

第二次旅行回来，辛伯达赚了很多钱，可是没过多久就花完了，于是他决定再次出海。他来到巴士拉，搭上了一条大船。

一天，船长在甲板上看海景，忽然狂叫起来，还直打自己的脸，拔自己的胡须，撕自己的衣服。大家惊异极了。

船长说："旅客们，风浪把我们吹到了危险的地方，现在已经靠近猿人山了。这里的人和猴子一样，凡是经过这里的旅客都不能逃脱它们的手心。这回我们完了，非死在这里不可！"

船长刚说完，猿人就出现了，从四面八方把旅客们包围起来。这些猿人头发像狮毛，形状可怕，眼黄面黑，身材短小。它们爬到船上，咬断铁缆和帆索。船慢慢地倾斜、搁浅，旅客们都被赶到了岛上，船上的货物和财宝也被一抢而光。

大家被困在荒岛上，只好靠摘野果、喝河水过活。后来，他们发现岛中有一幢建筑物，大门敞开着，里面的院落宽大，炉灶上挂着各种烹调工具，周围堆着无数人骨。大家在这里坐了一会儿，没发现什么异样，就都睡着了。

不一会儿，地面忽然震动起来，一个庞大的黑巨人从楼上走了下来。他的眼睛像火球，牙齿像猪的牙齿，嘴像井口一样大，下唇一直垂到胸前，两只耳朵摆在肩上，指甲像狮爪般恐怖。

众人看到这个怪物，都吓坏了。巨人走到大厅，在高凳子上坐了一会儿，然后站起身，把辛伯达抓起来，放在手中观看。可能是觉得辛伯达太过瘦弱，他丢下辛伯达，又抓起另一个人仔细观看。就这样，怪物把众人一一看过后，挑选了最健壮的船长。他把船长摔在地上，扭断他的脖子，然后取出铁叉，把船长穿上去，烤着吃掉了。吃完，他就呼呼大睡起来，直到第二天才离开。

巨人走后，大家一起商量逃脱的办法。辛伯达说："我们先做一个木筏子，然后想办法杀掉巨人，再乘木筏子离开吧。要是杀不了巨人，我们也可以乘木筏子离开，哪怕掉入大海，都比被巨人烤着吃了好。"伙伴们一致同意辛伯达的主意。

很快，大家做好了木筏，系在海边，还运了些粮食到木筏上。夜里，巨人又来了，挑选了一个他最满意的人吃掉，然后睡着了。趁巨人睡了，大家把两把铁叉烧红，戳进了巨人的眼睛。巨人狂叫一声，爬起来，疯狂地扑向众人。他抓不到人，就狂奔着跑到门外去了。

不一会儿，瞎巨人带来了两个更高大、更丑的同类。旅客们没命地奔到木筏上，驾着木筏离开了海岸。那两个巨人手中握着大石，向木筏上砸来。不断有人被砸中，掉进海里，到最后，就只剩下辛伯达和另外两个同伴了。

他们乘着木筏来到一座海岛。这时，他们已经精疲力竭，马上就躺在地上睡着了。刚睡了一会儿，一条又粗又长的大蟒蛇向他们发起袭击，其中一个同伴被蟒蛇吞掉了。

辛伯达和另一个同伴继续前进。他们爬上一棵大树，准备在这里过夜。到了夜里，一条大蟒爬上来，吞掉了辛伯达的另一个同伴。

辛伯达在树上躲了整整一夜才溜下树。他找来几块木头绑在头上和脚上，在身体的前后也各绑上一块。夜里，巨蟒又来了，想吞食辛伯达。可辛伯达全身有木头保护，巨蟒吞不了他，只好悻悻地离开了。

辛伯达解下木头，一直跑到海边，惊喜地看到海上有一艘船。他折下一根大树枝，边摇晃边大声呼救。那艘船开过来，救起了辛伯达。辛伯达把自己的遭遇向船上的人详细讲了一遍，大家都感到十分惊奇，祝贺他能安全脱险。

船在海上继续行进，来到一个叫萨拉西塔的海岛，商人们都下船做生意去了。船长对辛伯达说："我很同情你的遭遇，这样吧，我的船上曾经有个旅客失踪了，我现在把他的货物委托给你去卖，一部分利润归你，其余的由我们带回他的家乡巴格达，交给他的亲属。你愿意吗？"

辛伯达感激地拉着船长的手，连声说："谢谢你。"

船长命令水手拿出货物。记账的人问船长："卖的钱除了给这位外乡人外，算在谁的头上呢？"

船长说："这是辛伯达的货物，就记在他的头上吧。"

辛伯达一听船长提到自己的名字，激动地说：“船长，能把货物主人的详细情况告诉我吗？”

船长回答说：“他是巴格达人。有一次我们路过一个荒岛时，他不见了，至今也没有他的消息。”

辛伯达听了这话，大叫一声：“船长，我就是辛伯达！我在荒岛上遇到了采钻石的商人，那些商人都认识我。”

这时，旅客中有一个人一骨碌爬起来，走到辛伯达面前。他仔细看了看辛伯达，对大家说：“各位，我跟你们说过，我和同伴在钻石山利用羊肉采集钻石，还遇到有个人吊在死羊身上被鹰叼上了山顶，你们都不信，还笑话我。看，就是这个人！我可以证明他说的一切都是真的！”

船长听了商人的话，问辛伯达：“你的货物有什么记号吗？”辛伯达便把货物的种类、特点等说了一遍。船长相信了辛伯达的话，把货物全部交还给他。

辛伯达带着这些货物，和商人们一起接着旅行经商，到了塞乃德。那里的海中有数不完的奇奇怪怪的东西：有

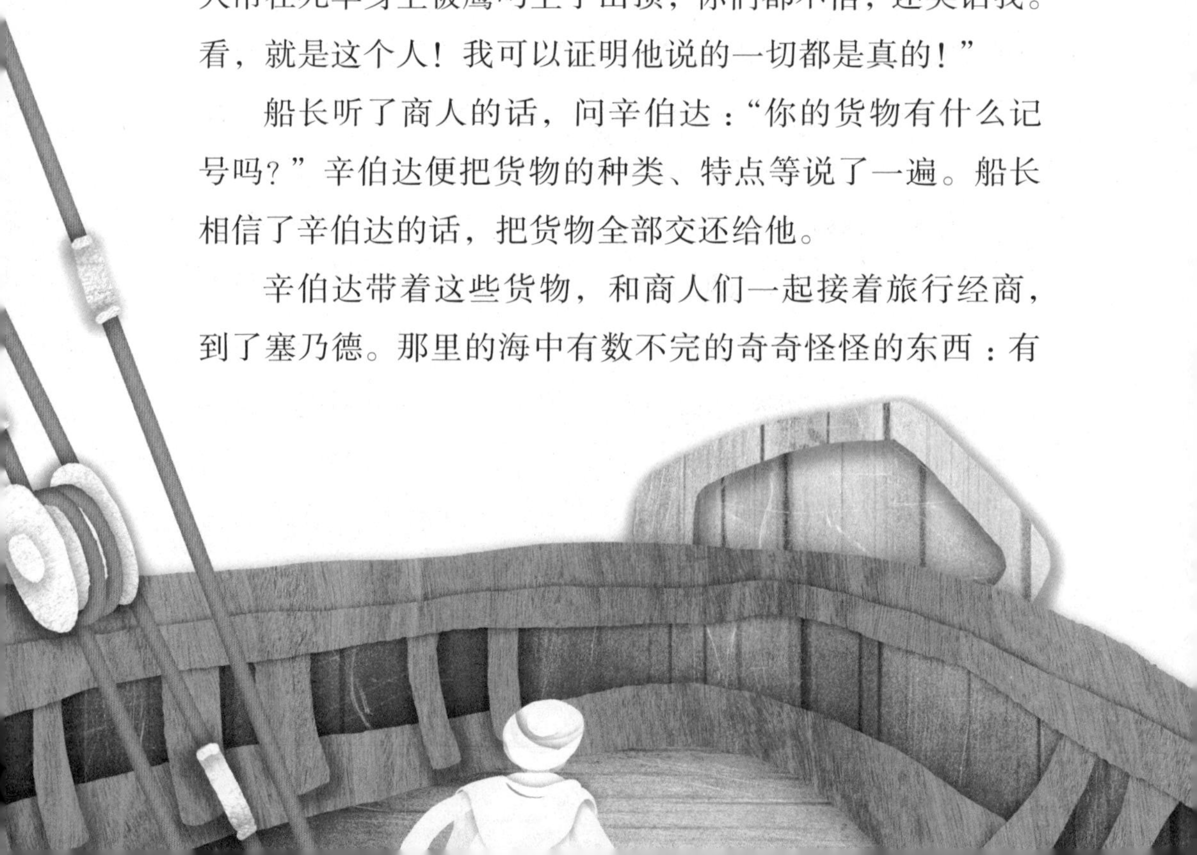

长得像黄牛、驴子的鱼儿，有在海里孵卵的水鸟——这些鸟生活在水里，从不去陆地。

离开塞乃德后，他们继续航行，一路平安，最后回到了家乡。辛伯达乐善好施，救济穷人，还常常请亲朋好友来家里做客，过起了舒适的生活。

第四次航海旅行

过了一段时间后，辛伯达又想去海上旅行了。他照常收购了一些货物，带到巴士拉，和当地商人一起乘船出发了。

一天，暴风突起，波涛汹涌，船长命令抛锚停船。暴风越来越大，很快，船翻了，旅客、货物等全都沉入海中。辛伯达在大海里挣扎了半天，眼看快要淹死时，他抓住了一块破船板。他和一些没被淹死的旅客一起，伏在木板上，在海里漂流了一天一夜。

第二天，他们被吹到了沙滩上。大家又累又饿，幸好岛上长着许多植物，大家就靠吃野草充饥。

吃完东西，大家倒地就睡，一直睡到第二天早晨。醒来后，人们忽然发现远方有幢房子，就急忙奔到那房子前。突然，房子里跑出一群不穿衣服的大汉，把大家抓住，然后带到了一个国王面前。

国王让大家坐下，招待大家吃喝。这些吃的喝的大家从未见过。辛伯达因为胃口不好，没有吃喝，而其他人都大吃大喝，好不痛快。

渐渐地，辛伯达发现同伴们一个个都变成了疯子。他们不停地吃着，越吃越多。那些大汉拿来椰子油，把他们灌了一通，还把油涂抹在他们身上。

原来，这里的国王喜欢吃人肉，等到辛伯达的同伴们长胖了，就会被杀掉给国王吃。辛伯达心里害怕极了，由于过度担心，他很快变得皮包骨头，被扔在一边没人管。

一天，辛伯达终于找了个机会溜走了。他一连跑了七天七夜，到了第八天，才看见远方有人影。他拼命奔过去，仔细一看，原来是一些采胡椒的人。

那些人一看见辛伯达，就问他：“你是谁？从哪儿来的？”

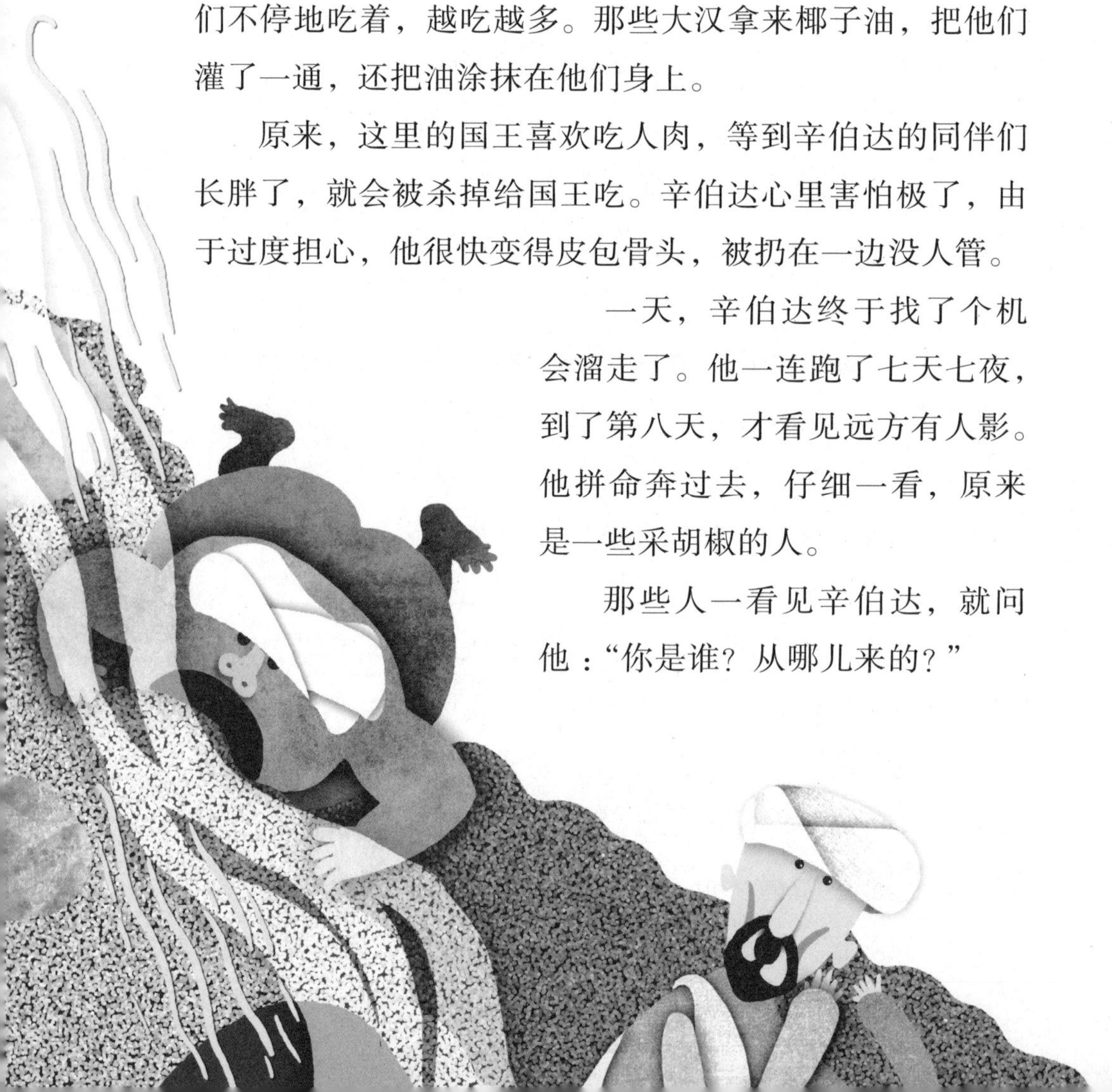

辛伯达把自己的遭遇告诉了他们。这些人听了都很诧异，连忙安慰和祝福辛伯达，并带他去见他们的国王。

辛伯达向国王请安，又把自己的身世和遭遇给国王讲了一遍。国王热情款待了辛伯达，并带他到处参观。

这是一座十分繁华的城市。辛伯达见官员们都骑着没有马鞍的马，就问他们："你们骑马为什么不用马鞍？"

国王说："马鞍是什么？我们从来没见过。"

辛伯达请求为国王制造一具马鞍。国王欣然答应，给了他各种材料，并带来一个木匠。辛伯达指挥木匠做好马鞍，然后系在一匹御用骏马上，牵去献给国王。国王十分满意，重重赏赐了辛伯达。

很快，朝中的大小官员都纷纷请求辛伯达为自己制造马鞍。辛伯达靠这赚了不少钱，也因此很受大家的欢迎。

一天，国王对辛伯达说："我希望你能留在我们的王国。我把一个聪明漂亮的女郎许配给你，从此，你就安心地生活在这里吧。"

辛伯达高兴地答应了。

国王立刻吩咐准备婚礼。从此，辛伯达就住在一座宫殿里，有仆从侍候，每月还有薪水。辛伯达和妻子很恩爱。他想：如果有一天离开这里，一定要把妻子带走。

一天，辛伯达一个邻居的妻子死了，邻居愁眉苦脸，心事重重。辛伯达去安慰他，劝道：“你不要过度悲伤，请好好保重身体啊！”

那位邻居伤心地说：“我就剩一天的生命了，还怎么保重呢？”

辛伯达问：“这是怎么回事？”

邻居回答说：“明天人们埋葬我妻子的时候，会把我和她一起埋葬。这是我们这儿的风俗习惯。妻子死了，丈夫陪葬；丈夫死了，妻子也要陪葬。”

正说着，参加葬礼的人陆续赶来了，他们把那个男人带到靠海的一座高山上，把他也放进了墓穴里。然后，人们在墓穴里放下一罐水和七个面饼，又用大石头把洞口盖住，就离开了。

辛伯达参加了这次葬礼后，请求拜见国王。他对国王说：“拿活人陪葬太残忍了。”

国王回答：“这是我们这儿的风俗，是老祖先遗留下来的。”

辛伯达问：“像我这样的外地人，妻子死了，也需要陪葬吗？”

国王回答：“一切按照我们的风俗习惯。”

辛伯达和国王谈话后，整天忧愁苦闷。没多久，他的妻子生病死了。人们把辛伯达和他妻子的棺材带到了那座高山上，扔进了洞里。辛伯达高声大喊："我是外乡人，不愿意遵循殉葬的风俗习惯！"可是人们不理他，盖上大石头，就各自回家去了。

辛伯达在黑暗的洞里不知待了多久。他突然感到一阵饥渴，就抓起面饼吃了几口，又喝了几口凉水。等略略恢复了精神，他想："原来死也不容易。既然如此，我一定要努力活下去，找个机会逃走。"他还意外地发现，洞里有不少之前被埋葬的人留下的财物。

一天夜里，辛伯达忽然听到洞里有响动，走过去一看，原来是一只野兽在奔跑。他追了一会儿，看到前方有一丝光线，走近后，他惊喜地发现那儿有个洞口。

辛伯达钻出洞口，发现自己正在海边的一座高山上。他钻回洞里，拿了些财物，然后就跑到山上，等着过往的船只搭救。刚巧有一只船路过，辛伯达赶快把衣服系在树枝上，高高举起，并且大声呼救。

不一会儿，从船上放下来一只小艇，一个水手划着它来到辛伯达面前，问道："你是谁？为什么在这里？"

辛伯达回答："我是个生意人。我乘坐的船翻了，我掉到水里，是靠一块木板漂到这儿来的。"

水手带着辛伯达上大船去见船长。船长问："你是怎么到这儿来的？我几次从这里经过，从没见过一个人影。"

辛伯达便把自己的经历对船长说了一遍，并拿出一些礼物要送给船长。船长不肯接受，说："我们救人上船，是在做好事，不需要别人的回报。"

辛伯达谢过船长，跟着他们一起继续航行，最后安全到达了巴士拉。几天后，他又回到家乡，和家人、朋友见面了。

第五次航海旅行

第四次航海归来，休息了一段时间后，辛伯达很快就感到空虚无聊了。他决定再次出海。

他收购了一些名贵物品，然后在巴士拉雇了一名船长和一批水手，就乘上一只新造的大船出海了。他们从一座岛到另一座岛，从一片海到另一片海，一边游览一边做生意，好不快活。

一天，他们路过一座没有人烟的大岛，在那里发现了一个白色圆顶的建筑。辛伯达根据过去的经验，知道这是一枚神鹰蛋。可别的商人们不知道，就拿石头砸破了它，还要把里面的雏鹰扯出来。

有个旅客拉着辛伯达参观被打破的神鹰蛋，辛伯达一见，吓了一跳，心想："糟了！要是神鹰来报复可就完了。"

辛伯达劝大家停手，可商人们不听劝告，继续胡作非为。忽然，太阳不见了，大地一片黑暗。大家抬头一看，发现是神鹰的翅膀遮住了阳光——两只神鹰见自己的蛋被打破，赶来报复了！

大家以最快速度逃到船上。可是，船开出没多远，两只神鹰就抓着巨石，朝他们砸了下来。船被砸碎了。辛伯达抓住一块破船板，被风浪推到了一座荒岛上。岛上长满了茂密的树木，树上结满果子。

第二天，辛伯达走在林中的一条小溪边，看到一个老人坐在那里，穿着树叶做成的裤子。辛伯达问："老人家，你怎么坐在这儿啊？"

老人摇摇头，比画着要辛伯达背他过河。辛伯达热心地把老人背过了河。但是老人不但不肯下来，还用两条腿紧紧地夹住了辛伯达的脖子。

辛伯达低头一看，老人的两条腿竟粗黑得像水牛脚——原来这是个可怕的老妖怪！他吓得昏倒在地，老妖怪拼命地把他拍醒，然后让他继续按照指示走进树林，摘果子给自己吃。

辛伯达的动作稍慢些，就会遭到老妖怪的拳打脚踢，他只好忍气吞声。一天，辛伯达背着老妖怪去找南瓜，却发现南瓜干了。他摘下一个大个儿的南瓜，掏了个洞，挖掉瓜瓤，把葡萄装在里面。在太阳下晒了几天后，一瓢葡萄酒酿成了。辛伯达每天喝一点儿，以消除身体的痛苦。

一天，老妖怪问辛伯达他喝的是什么，辛伯达回答：“是一种提神的好饮料。”老妖怪说他也想喝，辛伯达只好把酒递给他。妖怪喝醉了，在辛伯达的背上摇摇晃晃，一会儿就失去了知觉。辛伯达趁机把他扔到地上，又搬起一块大石头砸死了这个可怕的老妖怪。

辛伯达在荒岛上等了几天，终于看见一只船开过来，停在了海边。旅客们纷纷下船来到海岛上。辛伯达连忙赶上去，讲述了自己的遭遇。大家听了感到非常惊奇，有人告诉他：“骑在你肩上的是海老人，被他骑过的人没有一个能活命，你能脱离危险，真是福大命大啊！”

辛伯达跟着大家一起乘船继续在海上航行，几天后到了猴子城。据说，每到夜晚，当地的人们为了躲避猴子的伤害，都会乘船在海上过夜。辛伯达好奇极了，决定去城里看看。

等他参观回来，却发现船已经开走了。一个城中的居民好心地带他一起去海上过夜。同船的一个人问辛伯达：“先生，您是个外乡人，在这城中有工作吗？”

辛伯达回答：“我没有工作。我原来是个商人，可是乘坐的船翻了，货物都没了。”

那个人听了辛伯达的话，给了他一个布口袋，说：“你带着口袋，跟人们出城去捡石头吧。这样，你可以赚到一些钱，就能回家了。”说完，他就带辛伯达去了捡石头的地方。

辛伯达跟着一群人捡了一袋石头之后，来到山谷里。这里长着高大的树木，住着许多猴子。人们纷纷拿起石头，向猴子抛去，猴子摘下椰子，模仿人的动作，把椰子向他们抛过来。

辛伯达学着同伴们的样子做，不一会儿，就收集了满满一袋椰子。同伴们告诉他，可以挑些好椰子留起来，把其余的拿到市场上去卖。

就这样，辛伯达卖椰子攒的钱越来越多。一天，他看到海边停着一艘船，就请求船长让自己搭船回家。船长答应了。

一天，这艘船经过一个海岛，岛上盛产丁香和胡椒。辛伯达用椰子换了许多丁香和胡椒。接着，船又经过几个盛产檀香的海岛，辛伯达换到了不少名贵的檀香。在一个盛产珍珠的岛上，辛伯达还从采珠人手里换取了许多名贵的大颗珍珠。

辛伯达高高兴兴地和旅伴们继续航行，不久就到了巴士拉。他迫切地希望见到亲人们，所以很快又回到了巴格达。亲朋好友们见他安全回家，都为他高兴。

第六次航海旅行

一天，辛伯达家忽然来了一伙客商。辛伯达看着他们快快乐乐的样子，羡慕极了。于是，他打点行李，收购了些名贵物品，又从巴士拉搭船出发了。

一路上，每到一个城市，大家就下船做买卖，顺便见识当地的风土人情。一天，大船正在行进中，船长忽然狂叫一声，然后摔掉缠头，打着自己的脸，悲伤地哭泣起来。

旅客们围着船长问是怎么回事，船长用悲伤的语调说："我们走错航线，来到了一片不知名的大海。这回我们可要丢掉性命了！"

船长说完，爬上桅杆，准备卸下白帆。可风越刮越大，吹断了风篷，船舵也被打碎了，船慢慢地向一座高山漂去。船长滑下桅杆，大家都悲伤地哭泣起来，只等着落入海中，被鱼吞进肚里。

船很快撞上了礁石。有些人掉到海里淹死了，有些人爬到了山上。辛伯达就是其中一个。他爬上山之后，才发现这原来是座荒岛。

同船的难友由于惊慌过度，很多都发了疯。辛伯达来到山的最高处，发现岛上有一条河流，从一座山的半山腰一直流到对面的山中，河床上布满了珠宝玉石和各种名贵的矿石，还有沉香和龙涎香。

龙涎香是从一种鲸鱼的体内排出来的，是上好的香料。这些排入海中的龙涎香凝结成块，被波涛冲到岸边，商人们将它们收集起来，可以在市场上卖个好价钱。龙涎香遇热会熔化，所以河水散发出浓郁的香味。

这一切虽然让辛伯达他们感到惊奇，但大伙儿更希望能找到吃的东西。他们踩着珍珠和宝石行走，一点儿也不觉得可惜。

后来，难友们陆续死去，只剩下了辛伯达一个人。他绝望极了，挖了个深坑，想等到快要死的时候，就躺到坑里，让风沙把自己掩埋起来。

辛伯达坐在坑边，思念着自己的亲人。看着眼前的小河蜿蜒而下，他想："这水流一定有源头。"

他找到一只小船，把珠宝和粮食都装进去，乘着小船顺水漂流。

不久，小船驶入了一个山洞，前面的水道越来越狭窄，一抬头脑袋就会碰到洞顶。没有办法，辛伯达只好紧紧把脸贴在船上。后来，他实在太累了，就在小船上睡着了。

等他睁开眼时，发现小船被系在岸边，周围站着许多印度人和埃塞俄比亚人。有个人站出来，用阿拉伯语问辛伯达："你是做什么的？从哪儿来？你来这儿做什么？山那边到底是什么地方？"

辛伯达也问他们："你们先告诉我，你们是做什么的？这是什么地方？"

那些人回答："我们是农民，在这里种地。看到你睡在小船上，我们就把你拉了上来。"

辛伯达太饿了，向他们要了些食物，吃饱后才把自己的遭遇从头到尾讲了一遍。那些人听后，带他去拜见国王。

辛伯达送了一些珠宝、玉石和龙涎香给国王。国王十分高兴，把他当成上宾招待。

许多本地人和外地人听说了辛伯达的故事，都进宫来看他，打听他家乡的情况，从他口中了解各地的风土人情。

一天，国王问起巴格达和哈里发的行政制度，辛伯达详详细细地告诉了国王。国王听后很高兴，说："你们的哈里发是一个英明的君主，我准备了一些礼物，请你代我送给他吧。"

在王宫住了一段时间后，辛伯达听说有生意人要去巴格达，就请求国王让自己同他们一起回家乡。国王答应了，并为辛伯达准备好行李、旅费以及送给哈里发的名贵礼物。

辛伯达和商人们一起出发，一路上风平浪静，很快安全到达了巴士拉。这次，他在巴士拉只停留了几个小时，就立刻赶回巴格达。他先进宫送上礼物，然后才回家和家人团聚。

过了几天，哈里发召辛伯达进宫，向他问起礼物的来历。辛伯达就把他在旅途中的遭遇——怎样被农人们搭救、怎样在城市中生活、怎样受托送礼等，详细地向国王讲了一遍。

哈里发听了，对辛伯达格外赏识。他吩咐史官把这些事迹都记录下来，载入史册，以供后人阅读。

第七次航海旅行

第七次，辛伯达出海去了中国。一天，商人们正在船上谈天说地，忽然下起了倾盆大雨。辛

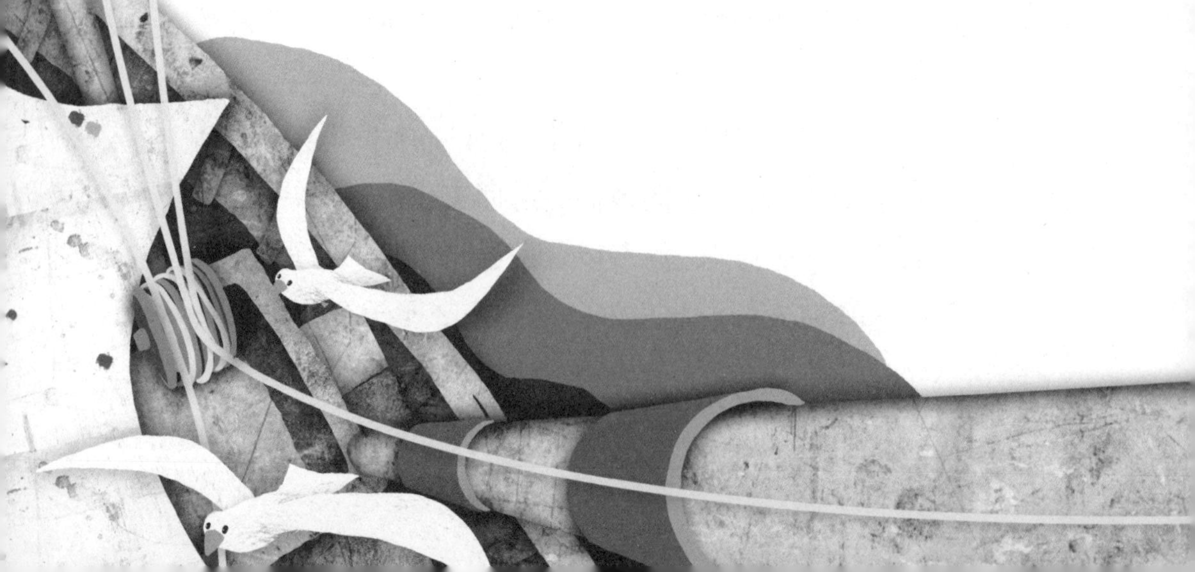

伯达见船长连连打自己的脸颊，拔自己的胡须，惊讶地问："船长，发生什么事了？"

"船已经被大风吹得偏离了方向，我们就要死了！"船长答道。

说完，他取出一个布袋，拿出一些沙土，凑到鼻子前闻闻，又从箱子里取出一本小书，打开读了读，说："这本小书里记载着很多离奇的事。它说流落到这儿来的人一定会死去，因为这里是圣神住的地方，大圣苏莱曼就葬在这里。这里有庞大的鲸鱼，过往船只都会被它吞掉。"

船长刚说完，船就颠簸起来。海中突然出现了一条大山似的鲸鱼，接着又出现了两条更大的鲸鱼。

见鲸鱼向船包围过来，船上的人都吓坏了。正在这时，海上刮起了暴风，船触礁了，船上的人和货物全都落入了水中。

辛伯达抓住一块破船板，在水中苦苦支撑着。漂流了几天后，他终于漂到了岸边。

辛伯达爬上岸一看，原来这是个很大的海岛。他摘野果填肚子，喝河水解渴，慢慢恢复了体力。

恢复精神后，辛伯达开始寻找出路。他发现岛上有一条大河，不由得想起了上一次航海时的经历。于是，他扎了一个木筏，然后坐上木筏顺水漂流。木筏在水上漂了三天，辛伯达一点儿食物也没吃，饿得眼冒金星。

不久，木筏穿过高山上的一个山洞，从高处跌落下来，被水流冲到了一座美丽的大城市附近。岸上的人从水中救起辛伯达。有个善良的老人带他去洗澡，并把他带到家中，请他吃饭，把他当贵客招待。

三天后，辛伯达渐渐恢复过来。第四天，老人来看望辛伯达，对他说："祝贺你安全脱险了。你要不要跟我到市场上去卖掉你的货物，再买点儿别的东西？"

辛伯达觉得很奇怪，因为他知道自己的货物都已经被水冲走了。他硬着头皮跟老人来到市场，发现自己的木筏被拆开了，正摆在地上。原来扎木筏的木头都是上等的檀香木，可值钱了。

商人们争相购买，价格出到了一千个金币。老人愿意多出一百个金币，辛伯达于是高兴地把檀香木卖给了他。老人把金币给了辛伯达，并把自己的女儿也许配给他。

后来，辛伯达的岳父去世了，辛伯达继承了他的遗产，生意越做越好，还当上了商界首领。不久之后，他发现了一个秘密——每到月初，这里的一些人就会长出翅膀，在空中遨游。

到下一个月月初的时候，辛伯达就缠着一个商人带自己去空中遨游。对方好不容易才答应了。辛伯达骑在那个人肩上，飞上高高的天空。他惊讶地连声大叫："感谢真主！感谢真主！"

刚说完，空中便出现了一道火焰，差一点儿烧到他们身上。大家很恼恨辛伯达，全都飞走了，把他一个人丢在一座荒山上。

辛伯达在山中迷了路，正烦恼时，眼前出现了两个可爱的孩子，每个孩子手里都拄着一根金杖。辛伯达问他们："你们是谁？在这里做什么？"

两个孩子回答："我们是虔诚的信徒。"说完，他们也给了辛伯达一根金杖。

辛伯达拄着金杖向前走，看到一条大蟒正衔着一个男人，男人尖声呼救："救救我吧！愿真主解除我的灾难！"

辛伯达举起手中的金杖，打中蟒头，救了男人。男人感激地对辛伯达说："你是我的救命恩人，从此我愿意终身陪伴你。"

辛伯达高兴地和他一起向前走。不一会儿，对面走来了几个人，辛伯达一看，其中就有带他飞上天、然后又丢下他的那个人。辛伯达说："朋友，你就是这样对待朋友的吗？"

那人说："是因为你赞颂真主，我们才受打击的啊！"

辛伯达回到家后，妻子告诉辛伯达，这班人是魔鬼的

伙伴，并告诫他以后不要再理他们。

辛伯达奇怪地问："那岳父以前为什么和他们交往？"

妻子说："父亲和他们不是一派的，以前因为要谈生意，没有办法。现在既然父亲已经过世，这里也没什么可留恋的了，我们不如卖掉产业和货物，你带我回你的老家去吧。"

辛伯达听从了妻子的话，打点好一切，然后搭上一艘大船，一路顺风地回到了巴格达。在七次航海旅行中，数这次的时间最漫长，一共是二十七年。

从此以后，辛伯达抛弃了航海的念头，安下心来过起了幸福的田园生活。

商人和魔鬼的故事

从前有个富商，四处旅行经商。一天，他途经一座果园时，肚子饿了，就摘树上的枣子吃。吃完枣子，他随手把枣核一扔，没想到，一个高大魁梧的魔鬼一下子出现在他面前。魔鬼叫道：“站起来！让我像你杀我儿子那样杀了你！”

商人奇怪地问：“我怎么杀了你的儿子呢？”

魔鬼说：“我儿子经过这里的时候，你扔的枣核打中了他的胸部，把他打死了！”

商人说：“这是个误会，你不能杀我啊！”

魔鬼伸出爪子，抓住商人，把他按在地上，非杀他不可。商人哭泣起来：“我家里有妻儿老小，还有债务没还，求你让我回家处理好一切。新年的第一天，我一定回到这里来，到时你再杀我不迟。”

魔鬼放了商人。商人回家处理好一切，对亲人说明了情况。

转眼新年到了，他告别亲朋好友，来到上次那个园子，孤孤单单地坐在树下。他越想越伤心，忍不住哭起来。

这时，忽然来了一位老人，带着一只锁着链子的羚羊。老人对商人说：“这是魔鬼出没的地方，你怎么会在这里？”

商人把自己的遭遇告诉了老人，老人听了非常惊奇。他坐在商人身边，说：“老弟，这真是太奇怪了！我现在要和你一起亲眼看看那个魔鬼会怎么对待你。”

老人和商人坐在一起聊家常。正当商人紧张忧虑的时候，忽然又来了一位带着两条黑色猎犬的老人。他问商人他们：“这里是鬼神出没的地方，你们为何要待在这里？”

商人和第一位老人把遇见魔鬼的事情讲了一遍。第二位老人也陪着他们一块儿坐下来等魔鬼。

过了一会儿，又来了第三位老人。这位老人带着一匹花斑骡子。他看到三个人坐在那里，惊讶地上前问了他们同样的问题。商人和两位老人把魔鬼的故事讲了一遍，第三位老人也留下来了，等着和他们一起见魔鬼。

第三位老人刚刚坐下，忽然不知从哪儿刮来一阵狂风，卷起漫天的沙石。不一会儿，一个可怕的魔鬼出现在他们面前。

魔鬼灯笼似的眼睛冒着恐怖的火花，他伸出魔爪抓住商人，嚷道："你，站起来！我要像你杀死我儿子那样杀死你！这下，你再也不能逃脱了！"

商人悲哀地哭泣起来，三位老人也忍不住流下了同情的眼泪。羚羊的主人走上前，吻了吻魔鬼的手，说："神王魔爷的领袖，我想为您讲一讲我和这只羚羊的故事，您

要是觉得故事稀奇古怪，就请看在我的面子上，把商人的罪过免去三分之一，好吗？”

魔鬼想了想，点点头说："好啊，谅他也逃不到哪里去。你讲吧，如果故事真的离奇，我就减掉他三分之一的罪过。”于是，第一位老人开始讲他的故事。

羚羊的故事

这只羚羊，其实是我叔叔的女儿。年轻时，我娶她为妻，结婚三十几年，我们都没有孩子，我只好又娶了一个妾，生了一个儿子。这男孩一生下来就眉清目秀的，人人见了都夸他漂亮可爱。

我非常珍爱这个孩子，认真抚育他。孩子年满十五岁时，我出门去经商，谁知，我那从小学过魔法的妻子趁我不在，用魔法把这孩子变成了一头小牛，把他的妈妈变成了一头黄牛。她把他们送到牧场，交给一个牧人饲养。

过了一段时间，我经商回到家，发现自己的儿子和他妈妈都不见了，大发雷霆，向妻子追问他们的下落。

我的妻子说："你的小妾死了，儿子逃走了，到现在也不知道去哪儿了。”

从此以后，我整天伤心地哭泣。

就这样整整过了一年。宰牲节的时候，我叫人到牧场去挑一头肥壮的黄牛。谁料牧人挑来的黄牛恰好是我的小妾变的。

我当时还不知道这一切，高高地挽起袖子，拿刀准备去宰杀那头黄牛。黄牛眼泪汪汪，哞哞地叫着，好像在求饶。我从来没见过这样的情景，有点不忍心杀它，就对牧人说：“去给我另外牵一头牛来吧。”

我的妻子见状大声嚷嚷：“就宰了这头黄牛吧！整个牧场里再也找不到比这头更肥的牛了。”

我只好走上前去，举刀又要宰牛。黄牛又狂叫起来，我无可奈何，只好吩咐牧人去处理这件事。

牧人宰了黄牛后，不见牛肉和油脂，却只见皮毛和骨头。我见了，懊恼不已，只好让牧人再选一头肥壮的小牛来。

这回牧人带来的是我儿子变成的小牛。小牛一见到我，就拼命挣断绳子，奔到我跟前，凑过来紧贴着我的身子，不停地流着眼泪，哞哞叫个不停，叫得人怪心疼的。

我实在不忍心宰杀这头小牛，就让牧人留下它，再去另牵一头牛来。

这时，我的妻子急了，说："今天是隆重的节日，不要再挑来选去的了。我看就宰了这头小牛吧，现在牧场里没有比它更好的牛啦！"

我很生气，对妻子说："刚才你叫我宰那头大黄牛，结果怎么样呢？一点肉也没有，只有皮毛和骨头，大家都很失望。现在，我不会再听你的话，去宰杀这头小牛了！"

我的妻子生气了，指着我说："今天这样隆重的节日，非杀它不可！如果你今天不杀它，你就不是我的丈夫了，我也不是你的妻子了！"

我见妻子生气了，没有办法，只好拿起刀走到小牛跟前。看着小牛泪流满面的样子，我最终还是不忍心杀它，于是吩咐牧人把小牛牵走，继续饲养。而我的妻子呢，仍不甘心，不断地劝说我杀了那头小牛。

第二天，牧人来到我的家里，向我报告说："老爷，我有件事情要向您报告。我有个女儿，小时候跟一个老太婆学过法术。昨天，我按照您的吩咐把小牛牵回去后，我女儿一见那小牛，就掩面大哭，一会儿又狂笑起来。她问我为什么要带陌生人回家。我说我没带陌生人回来啊，我只是带回了一头小牛。主人，你猜我女儿说什么？她说，我带回的小牛是您的儿子变的，是您的妻子、孩子的大娘施了魔法，才把他变成这样的。更让我心痛的是，他的母亲就是那头被宰杀的大黄牛，她真可怜啊！”

我听了牧人的报告，感到又惊讶又痛苦，立刻跟着牧人来到他家中。牧人的女儿出门迎接了我，那头小牛也走过来，亲昵地靠在我身上。

我问牧人的女儿：“你说的那些话都是真的吗？”

牧人的女儿点点头，指了指小牛，说：“是真的，老爷，它就是您的儿子，您的心肝宝贝呀！”

于是我请求牧人的女儿说：“如果你救了我儿子，我就把牧场以及牧场里的牲畜、财物全部送给你。”

牧人的女儿说：“老爷，如果您答应我两个条件，我就救您的儿子。”

我听了连忙点头，说：“好，好，你说是什么条件？”

牧人的女儿说：“第一，把我许配给您儿子做妻子；第二，让我把魔法施在您那个邪恶的妻子身上，并把她锁起来，否则，以后她还会再作恶的。”

我同意了牧人女儿的条件。于是，牧人的女儿在一个碗里装满水，念起了咒语，接着，她把碗里的水洒在了小牛身上，边洒边说：“要是你生下来就是小牛，就不要变化；要是你是中了魔法才变成小牛的，就恢复原样吧。”

牧人的女儿刚说完，小牛就摇身变成了人。我认出他确实是自己的儿子，激动地把他搂在怀里。儿子把大娘怎么害他们母子俩的事一五一十地从头说了一遍。

之后，我信守承诺，让牧人的女儿做了儿媳妇，并让她把我的坏妻子变成了一只羚羊，就是您眼前的这只羊。

魔鬼听了第一位老人的故事，点了点头，说："嗯，这个故事确实很奇怪。那么，看在你的情面上，我就免了这个商人三分之一的罪过吧。”

这时第二位老人——那两条猎犬的主人走上前来，对魔鬼说：“现在我来讲讲我和两个哥哥的故事吧，如果够离奇，也请您看在我的面子上，再免掉商人三分之一的罪过吧。”

魔鬼点了点头，于是两条猎犬的主人开始讲他的故事。

猎犬的故事

我这两条猎犬原来是我的哥哥。我们的父亲去世后，给我们三兄弟留下了三千金币，每人一千。我拿着一千金币开了一间铺子做生意，两个哥哥也各自开了一间铺子。

过了没多久，大哥用一千金币的价格卖掉了自己的铺子和货物，收购了一些商品，去外乡经商去了。

一年后，我的铺子门前出现了一个乞丐，他哭哭啼啼地说：“你已经不认识我了吗？”我觉得很奇怪，就走出铺子，仔仔细细看了看那乞丐，认出是我的大哥。

我把大哥带回家，问他发生了什么事情。大哥挥了挥手，说：“不谈了，一千金币花光了，我不想再谈那些伤心的往事了。”

我带大哥去澡堂洗澡，又把自己的衣服拿给他穿，收留他在自己家住下。这时候，我除了一千金币的本金外，已经又赚了一千金币。

于是，我分了五百金币给大哥，说：“大哥，你把这些金币拿去，好好做生意，别再到处跑了。”

大哥高高兴兴地告别了我，又开了一间铺子。

不久，二哥也卖了自己的铺子和货物，要到外地经商去。我跑去劝阻，可二哥一点儿也不听我的劝，和伙伴们一起出发了。

一年后，二哥也像大哥那样，生意失败，回到了家乡。

我叹着气对二哥说：“二哥，我当初不是劝过你别出门做生意吗，你怎么就是不听呢！”

二哥哭哭啼啼地说：“弟弟，可能上天注定我是个穷人。”

我很看重兄弟的情分，带着二哥去澡堂洗澡，供他穿衣、吃饭，收留他住下。之后，我又把自己的收入分了一半——一千金币给二哥。

二哥呢，回去后也重新开了一间铺子。

过了些时候，我的两个哥哥一起来找我，劝我跟他们一起到外地去做生意。我不肯，说：“大哥、二哥，你们已经出去过了，可赚到什么了呢？你们出去赚不到钱，我出去，人生地不熟的，也一样赚不到钱。”

我继续踏踏实实地做自己的事情，可六年之后，终于还是经不住两个哥哥的苦劝，答应了和他们一起出门去做生意。

出发前，我问他们："你们有多少积蓄做本钱呢？"

这一问，可把他们两个问住了。原来，他们两个游手好闲、好吃懒做，早把仅有的本钱花光了。

我算了一下自己的收入，一共是六千金币。我把其

中三千金币埋在了一个地洞里，想着万一在外面做生意亏本了，再回家用这些钱重新开间铺子。其余的三千金币，我和两个哥哥一人分了一千。

我们分别收购了一些货物，雇了一只船，就出发了。

商船在海上航行了一个月，来到一座城市。我们兄弟三人搬下货物，运到城中，以十倍的价格卖出了货物。

卖完货物，我们正准备出发时，在海边遇见了一个衣服破破烂烂的女人。那女人吻了吻我的手，说："先生，我身无分文，你做做好事帮帮我，娶我做你的妻子，带我到你的家乡去吧，不然我就活不下去了。"

我听了那女人的话，非常同情她，就带她上了船。

两个哥哥见我赚了许多钱，十分嫉妒，就想方设法要谋害我，好抢走我的钱。

一天夜里，他们两个趁我睡熟时，把我和妻子悄悄抬出来，残忍地抛到了大海里。

谁知我的妻子从梦中惊醒，一下子变成了一个仙人，在关键时刻把我救起来，并送到了一座小岛上。

第二天清晨，她对我说："其实我是个仙女。我第一次见到你，就爱上了你，所以我穿得破破烂烂地求你娶我。没想到你的两个哥哥居然想谋害你，我非得杀了这两个心肠歹毒的人不可！不能让他们再作恶！"

我听了，连忙哀求妻子说："虽然两个哥哥有坏心思，但还是不要杀他们吧，他们毕竟是我的哥哥呀！"可不管我怎么劝，妻子就是不肯原谅我的两个哥哥。

她跟我回到家乡后，我们一起把那三千金币刨了出来，继续开铺子做生意。

一天晚上，当我回到家的时候，发现家里多了两条猎犬。它们流着眼泪直往我的身边靠。这时，只听妻子说："我听你的话，念在他们是我们的兄长，没有杀他们。瞧，这两条猎犬就是你的两个哥哥。"

我奇怪地问："是谁把他们变成这样的？"

妻子回答说："是我把他们送到我姐姐那里，我姐姐把他们变成猎犬的。十年后，他们才能恢复人形。"

现在已经有十年了，所以我牵着这两条猎犬，去找我妻子的姐姐，让她帮助两个哥哥恢复人形。

魔鬼听了，对两条猎犬的主人说："你的故事非常离奇！这样吧，看在你的面子上，我就再免掉商人三分之一的罪过！"

这时，第三位老人，骡子的主人对魔鬼说："我有个比他们俩更离奇的故事，希望我讲了之后，您能再免去商人三分之一的罪过。”

魔鬼说：“可以，你讲吧。”于是，第三位老人开始讲他的故事。

骡子的故事

这头骡子原本是我的妻子。我在外一年，回到家中，却发现妻子变坏了。

她一见我回来，连忙拿来一壶水，洒在我的身上，并念起了咒语：“让这个人变成一条狗吧！”她的咒语一念完，我竟然真的变成了一只狗，并被她赶出了大门。

从此，变成狗的我无家可归，四处流浪。一天，我走进一家肉店去啃骨头，屠户见我可怜，就收留了我，把我领到他家。可屠户的女儿一见我，就捂着脸说：“父亲，你为什么把一个陌生男人带回家来了？”

屠户奇怪地问：“哪里有什么陌生男人啊？”

屠户的女儿指着我说：“这条狗其实是一个被他老婆施过魔法的男人。我学过魔法，能解救他。”

屠户听了女儿的话，连忙说：“女儿，那你还等什么，快点儿救他啊！”

屠户的女儿拿来一壶水，把水洒在我身上，念起了咒语："如果你不是生来就这样，就恢复成你原来的样子吧。"刚说完，我就摇身变成了一个男人。

我吻着屠户女儿的手，对她表示感谢，并说："请求你把魔法也施在我那个坏妻子身上，让她和我一样变成动物吧。"

屠户的女儿给了我一些水，教我说："等你的坏妻子睡觉的时候，把这水洒在她身上。你想让她变成什么，

你就说，说完，她就会变成那种东西了。”

我告别了屠户一家人，回到家中。见妻子已经睡熟了，我就按照屠户女儿告诉我的，把水洒在她身上，并说：“让这个女人变成一匹骡子吧！”顷刻间，我的妻子就变成了骡子。

听第三位老人讲完了骡子的故事，魔鬼觉得十分奇特，就转过头问骡子：“真是像他讲的这样吗？”

骡子点点头，说：“是的，我发誓，这一切都是真的。”

魔鬼对老人说：“你的故事确实非常离奇，比前两个人的故事更离奇。现在，看到你的情面上，我就免除商人剩下的那三分之一罪过吧。”

魔鬼把商人交给三位老人，就离开了。商人对三位老人万分感谢。辞别了三位老人后，商人回到家中，和亲朋好友团聚，从此过着幸福平安的生活。

渔夫的故事

从前，有个老渔夫，全家人都靠他打鱼为生，日子过得很贫困。

渔夫每天只打四网鱼，就心满意足了。

一天，他照常来到海边，撒下网，等了一会儿后，开始收网。网很沉，渔夫用尽力气也拉不上来。他只好找了个木桩，把网绳系在上面，然后跳进海里把网弄上来。

没想到，他上岸后发现网里躺着一头死驴，渔网也被弄破了。

渔夫不甘心，又撒了一次网。这次渔网比上次更沉。他再次潜入海底，费了很大的劲儿才把网弄上来。可这次他捞上来的只是一个灌满泥沙的瓦缸。

渔夫心中十分苦闷。他祈祷一番，第三次撒下了网。这次捞上来的是一些破骨片、破玻璃和贝壳。渔夫禁不住伤心地哭了起来。

他哭完之后，抬头望着天空，祈求道："真主啊，我每天只打四网鱼，这前三网都一无所获，就请保佑我第四网打到鱼吧！"

这一次，当他跳入海中，把网拉起来的时候，发现网里有个黄铜瓶，瓶口用锡

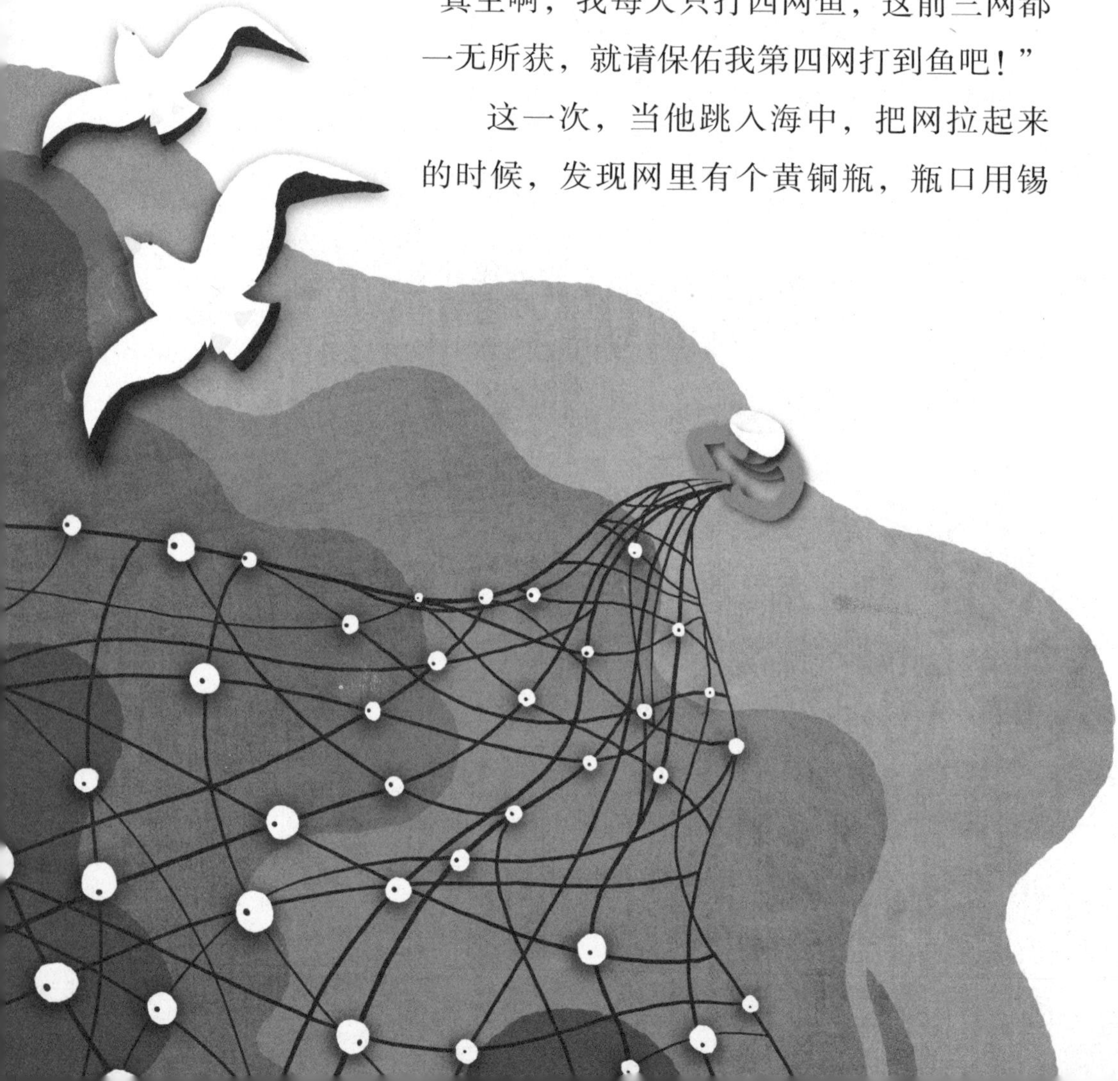

封着，上面盖着所罗门王的印章。渔夫高兴极了，说："这个瓶儿拿去卖，兴许能卖几个金币呢！"

渔夫掏出小刀，慢慢弄掉瓶口的锡，把瓶子倒过来，摇了几下。里面好像什么东西都没有。正当渔夫纳闷的时候，瓶子里冒出一股青烟，升到空中，变成了一个魔鬼。

这魔鬼披头散发，头颅大得像堡垒，手臂像铁叉，腿像桅杆，嘴巴像山洞，牙齿像石头，鼻孔像喇叭。渔夫见了，吓得全身不住地发抖。

魔鬼说："渔夫，我给你报个喜讯吧！"

渔夫问："什么喜讯？"

魔鬼凶巴巴地说："我马上要狠狠地杀死你的喜讯！"

渔夫迷惑地问道："是我把瓶子捞上来，打开，救了你，可你却要杀我！天下哪有这样的道理？"

魔鬼不理渔夫，继续说："告诉我，你想怎么死？"

渔夫连连摇头："我究竟犯了什么罪过，你要这样对待我？"

魔鬼说："我是个邪恶的天神，无恶不作，与所罗门王作对。所罗门王派宰相来捉我，叫我改邪归正，我不听，他就把我装到了这个瓶子里，用锡封起来，盖上印，然后把瓶子扔进了海里。

"关在瓶子里的头一百年，我想，如果这时有谁来救我，我就给他荣华富贵。可没人来救我。第二个一百年，我想，谁要是在这时救我，我就帮他开发地下的宝藏。可是还是没人来救我。第三个一百年，我想，谁要是来救我，我就满足他的三种愿望。可过了四百年了，还是没人救我。我很生气，就下定决心：这时谁来救我，我就要杀了他，不过可以让他自己选择死法。所以，现在我就让你自己选择如何去死。”

“哦，天哪，我怎么在这么个倒霉的日子救了你！你不要伤害我，真主会帮助你战胜仇人的。”渔夫叫道。

魔鬼说：“我一定要杀了你！快告诉我，你想怎么死？”

渔夫连声求饶，说：“我是你的救命恩人啊，你就饶了我吧！”

魔鬼说：“正因为你救了我的命，我才要杀你！”

渔夫心想：“他是个魔鬼，而我是人类，我要用人类的计谋对付他。”他想了一会儿，想到一个好主意，就对魔鬼说道：“你真的决心要杀我吗？”

魔鬼点了点头，说：“不错。”

渔夫说：“那么，在杀我之前，能否满足一下我的好奇心？”

魔鬼说：“你问吧。”

渔夫说：“你说你被装在这个瓶子里，可你的身体这

么庞大，瓶子却这么小。这瓶子明明连你的一只手都装不下，又怎么能装下你的整个身体呢？”

魔鬼哼了一声，说：“你不相信我是住在这个瓶子里的吗？”

渔夫说：“没亲眼看见，我是绝对不会相信的。”

于是，魔鬼摇身变成一股青烟，慢慢地钻进了瓶子里。渔夫一见魔鬼化成的烟全都钻进瓶里，立刻拾起锡封，把瓶口塞了起来。然后，他大声对瓶里的魔鬼说：“告诉我，魔鬼，你想怎么死？我现在要把你丢下大海，并在这里盖座房子住下。我要告诉渔民们不要在这里捕鱼，还要告诉人们，这里有个魔鬼，谁把他捞上来，谁就会被他杀害。”

魔鬼这才知道自己上当了，哀求道：“渔夫，我刚才是和你开玩笑的，你可不要当真啊！”

“你这个无耻的魔鬼，别撒谎了。”渔夫拿起瓶子，准备向海里扔去。

“我没有撒谎呀！”魔鬼用十分友好的声音说，“饶了我吧，我会好好地报答你的。”

“魔鬼，你就是在说谎骗我！遇到你，就和杜班医师遇到郁南国王一样倒霉。”渔夫说完，就开始给魔鬼讲下面的故事。

国王和医师的故事

古罗马法里斯城的国王叫作郁南，他拥有很多财富和兵马，威名远扬。美中不足的是，他突然生了一种怪病，浑身长满疥疮，吃药、涂抹药膏都不管用。

这时，一名医术高超的医师——杜班正好来到法里斯城行医。他精通各国语言，在医学、天文、哲学方面都有很高的造诣，能够配置各种药剂。他听说了国王的病症，就决心要给国王治好病。

他整整一夜没睡，研究给国王治病的方案。第二天，他进宫觐见国王，说："听说陛下病了，医生们都没办法治疗，所以，我特地赶来为陛下治病。不吃药，也不用涂抹药膏，我就能让陛下痊愈。"

国王听了，惊奇地问："你要怎么治呢？如果你真能治好我的病，我会重重赏你，并把你当作亲信、知己看待。"

杜班医生向国王告辞，回到住处，把书籍、药材、器皿拿出来，开始专心地配制药剂。他把一根曲棍掏空，装上药剂，再装上柄；然后，又做了一个圆球。

第二天，杜班来到宫中，恳求国王骑马去校场打球。

国王来到校场，杜班把拐杖和圆球献给他，说："这就是给陛下治病的工具，请您握着拐杖的柄，在场中打球玩。陛下一出汗，拐杖中的药就会通过手心，渗透到身体内部。然后，您回宫洗个澡，睡一觉，病就会好了。"

国王接过拐杖，卖力地打球，直累得汗流浃背、气喘吁吁。杜班见药剂已通过国王的手心，渗透到他的身体内部，就让国王立刻回宫洗澡休息。

第二天，国王醒来，发现自己的皮肤变得很光滑，疥疮都消失了。他很高兴，热情地招待了前来觐见的杜班医师，送给他许多礼物，还赏赐了他两千金币。

郁南国王舒舒服服地睡了一夜，第二天一早，又派人去请杜班医师。杜班进宫后，国王亲自迎接，让他坐在自己身边，又赏赐给他五套衣服和一千金币。杜班医师高高兴兴地满载而归。

第三天，有个嫉妒心很重的大臣站出来了，他对国王说："陛下，您赏赐自己的敌人，优待国家的奸细，这样做是不对的。我很为陛下担忧啊。"

国王听了，脸色都变了，问："你说的是谁？你在乱说什么？"

那个大臣说："陛下，醒醒吧，我说的就是杜班医师。"

国王生气地说："不，杜班是我的朋友，是他把我的顽疾治好了。他这样高明的医师，世上难寻，以后我要重用他。你这样诽谤、陷害杜班医师，是因为嫉妒他吧？"

大臣说："陛下，我的一言一行，全是出自一片忠诚。陛下听了我的劝告，会万事大吉；不听，可能会落得很惨的下场。"

他见国王没有说话，就继续向国王进言道："陛下请仔细想一想，杜班医师既然能用一根拐杖马上治好陛下的病，那一定也能拿什么东西立刻置陛下于死地。这对他来说都是轻而易举的事。"

国王听信了这位大臣的话，马上下令召见杜班，准备将他处死。

杜班还不知道这一切，他愉快地进宫向国王问好。郁南国王问他："你知道我召你进宫是为什么吗？"

杜班摇了摇头。

国王说："我是要处你死刑。"

杜班惊恐地问道："陛下，为何要处我死刑？我究竟犯了什么罪？"

国王说："据说你是个奸细，到这儿来就是为了杀我。

所以，我要先下手为强。杀了你，我就高枕无忧了。”

杜班哀求道：“饶我一命吧！”

国王摇了摇头，说：“不杀死你，我不安心。你能用拐杖治好我的病，也就能用什么别的东西要了我的命。”

杜班说：“陛下，这就是您给我的回报吗？这是以怨报德啊！”

不论杜班怎么哀求，别人怎么劝说，郁南国王都决意要处死这位可怜的医师。

最后，杜班无可奈何地说：“陛下一定要处我死刑，就请允许我回家和亲人告个别，并把一本珍贵的医书带来献给陛下。”

国王对那本珍贵的医书很感兴趣，忙问：“那本书里是什么内容？”

杜班说：“等陛下砍掉我的脑袋后，把书翻到第三页，从左边那页的开头读三行，我的头就能和您说话，并回答您的任何问题。”

第二天清晨，杜班回到王宫。他手拿一册古籍和一个盛药粉的瓶子，走到国王面前，又叫人拿来一个盘子，把药粉倒在盘中摊平，对国王说：“陛下，请拿着这本书。等砍下我的头后，将它摆在盘中，按在药粉上，等血止住，再打开书来开始读。”

剑子手砍下杜班的头，摆在盘中的药粉上。血止住后，头颅睁开眼睛，说：“陛下，请打开书读下去吧。”

国王打开书，见书页粘在一起，就将指尖伸进口中，蘸口水翻书。翻一页，蘸一次，一直翻到第六页，也没看见一个字。他奇怪地问：“怎么一个字也没有？”

杜班医师的头颅说：“继续翻看下去吧。”

郁南国王边翻边看，连续翻了三页后，忽然头晕目

眩、全身战栗。原来，那本书的书页上有剧毒，毒液此时已散布到了国王的全身。他狂叫着："我中毒了！"接着，就一头栽倒在地上，死去了。

渔夫讲完故事，继续责备魔鬼说："该死的魔鬼，你要知道，假如郁南国王不杀死杜班，自己也就不会死了。如果你不是存心害我，我也不会要把你抛到大海中去的。"

魔鬼可怜巴巴地说："渔夫，你别扔瓶子，我错了，求你原谅我吧！"

渔夫说："不，我非把你扔到大海里去不可。"

魔鬼哀求道："渔夫，放了我吧，我发誓决不再害你。我还要给你一样东西，让你发财致富。"

最后，渔夫终于被魔鬼说动，接受了魔鬼的请求。魔鬼指着真主的大名发誓不再害渔夫，还承诺一定履行诺言，渔夫这才打开瓶盖。一股青烟立刻冒了出来。魔鬼从瓶子里出来后，一脚把瓶子踢进了海中。

渔夫吓了一跳，以为魔鬼会除掉自己。他鼓足勇气，对魔鬼说："你要履行诺言，不要害我。"

魔鬼哈哈大笑，向前走去，边走边说："渔夫，快跟我来吧。"

四色鱼

渔夫跟着魔鬼一直向前走。他们越过山岭，来到一处山谷。山谷中有一个湖泊，魔鬼跑到湖中，叫渔夫也跟着下来。

渔夫走进湖中，魔鬼吩咐他张网打鱼。渔夫低头一看，只见水中有白、红、蓝、黄四色的鱼儿游来游去，于是连忙撒网。这一网打了四条鱼，每种颜色各一条。

魔鬼说："渔夫，你把鱼送给国王，他一定会赏赐你的。以后，你每天来这儿打一次鱼就够了，不要贪心。"说完，魔鬼一跺脚，地面裂开来，魔鬼就陷进去消失了。

渔夫开心地带着四条鱼回到家。他把鱼装进钵盂，然后按照魔鬼的嘱咐，进宫去把鱼献给国王。

国王看了四色鱼，龙颜大悦，吩咐厨师把鱼拿去煮。三天前，希腊国王刚刚送来一个善于烹饪的女奴，国王正想试试她的手艺。

宰相奉命把鱼交给女厨师去烹饪。渔夫拿着国王赏赐给他的四十个金币，欢天喜地地回家去了。

再说女厨师，她刚把鱼收拾干净，煎了一面，正要翻过来煎另一面的时候，厨房的墙壁忽然裂开，走出来一个漂亮的女子。她的手上戴着宝石戒指，握着一根藤杖。只见她把藤杖戳在锅里，问道："鱼啊，你们还守旧约吗？"

女厨师见状，吓晕了过去。

那女子问了两三次后，鱼回答说："是的，是的。"女子就用藤杖掀翻煎锅，走进了墙壁缝里。墙壁马上又合拢起来。

女厨师醒来后，看见四条鱼都烧焦了，知道自己闯下了大祸。她赶紧把这一切都告诉了宰相。

宰相叫来渔夫，让他再送四条鱼来。这一次，宰相让女厨师当着他的面煎鱼。女厨师收拾好鱼，开始放进锅里煎。

这时，墙壁又裂开了，漂亮的女子又出现了。她用藤杖戳着锅里的鱼，一面戳一面问："鱼啊，你们还守旧约吗？"锅里的鱼回答："是啊，是啊。"女子照旧掀翻煎锅，然后走进了墙壁缝。墙壁马上慢慢合拢起来。

宰相把这件怪事报告了国王。国王命令渔夫再送来四条鱼，并让宰相当着自己的面煎鱼。

宰相刚开始煎鱼，墙壁就裂开，走出来一个黑奴。他用绿树枝戳着鱼，问道："鱼啊，你们还坚守旧约吗？"鱼回答："是啊，是啊，我们坚守旧约。"接着，黑奴掀翻煎锅，也走进墙壁缝里不见了。

国王见了这一幕，十分震惊。他立刻召渔夫进宫，问道："大胆渔夫，这种鱼你是从哪儿打来的？"

渔夫回答："从城外山谷中的一个湖里。"

国王立刻下令，让渔夫带他们到那个湖泊去。当大家看到湖里红、白、蓝、黄四种颜色的鱼时，都惊讶极了。

国王决心一定要弄清楚这湖泊和鱼的来历。他吩咐宰相守在帐外，不允许任何人打扰，然后，自己带上宝剑，趁着天黑爬上了高山。

他不顾疲劳地走了整整两天，到第二天天亮时，才模模糊糊看见远方有个黑影。走近一看，原来是个黑色石头砌成的宫殿，两扇大门一关一开。国王敲了几次门，都没人应答，于是，他鼓起勇气，走了进去。

宫殿里的陈设非常华贵，铺着地毯，挂着绣花帷幕。院子里有石凳和喷水池，池边蹲着四只红狮子，嘴里喷着清泉，还养着珍贵的鸣禽。

忽然，国王听到了一声悲叹，他抬头一看，发现一个年轻人坐在帷幕后面的床上。这是一个俊俏的青年，头戴着王冠。国王向他问好，年轻人对国王说："我生病了，不能起身迎接您，请原谅。"

国王说："我到这儿来，是想请教一件事情。请把这里的湖泊和四色鱼的来历告诉我好吗？还有，你为什么一个人在这儿？又为什么悲伤？”

年轻人流泪了。他撩起衣服，国王看到他的身体从腰到脚都变成了石头。国王吃惊地问道：“这是怎么回事儿？快告诉我吧。”

年轻人点点头，说：“说起来，我和四色鱼还真有一段离奇古怪的故事呢。把它记录下来，也是对后人很好的一个训诫。”

于是，年轻人给国王讲了下面这个故事。

着魔王子的故事

我的父亲麦哈穆德是这个国家的国王，也是黑岛的主人。父亲去世后，我登上王位，还娶了叔叔的女儿。我们在一起相亲相爱地过了五年。

一天，我吩咐厨师准备晚餐，想等王后回来一起享用。由于感到十分疲倦，我就躺在床上休息。

两个宫女以为我睡着了，其中一个小声说：“我们的主人真可怜，和一个女妖生活在一起。”另一个也说：“是啊，她每天把麻醉剂放在酒里，让主人喝了昏过去，然后她就梳妆打扮，溜出去，直到清晨才回来。她在主

人鼻子前焚香之后，主人才能醒过来。”

我听了宫女的话，气得脸色发青。傍晚，王后回来，吃完晚餐后，又让仆人拿来睡前喝的酒。我偷偷把酒倒掉，然后假装睡着了。

王后换上华丽的衣服，打扮好，就拿起国王的宝剑出门了。

我赶紧起身，跟着王后来到城门下。只见王后念动咒语，门上的铁锁就自动掉了下来。她打开城门，来到一个土坡前，那里有一座堡垒，中间是一间圆顶屋子。我爬上圆屋顶一看，原来王后来这里是要和一个黑奴约会。

黑奴责怪王后：“你怎么到现在才来？”

王后对黑奴说：“我要等我的堂兄睡着以后才能来。

要不是为了你的安全，我早就捣毁了这个城市，叫猫头鹰和乌鸦在里面叫，叫狐狸和狼占据大街小巷，再把城中的石头全搬到哥夫山后面去了！”

黑奴说：“你是不是在欺骗我啊？以后你再晚来，我就不和你来往了。”

我看到这一切，简直气极了。而王后一直在哀求黑奴，直到黑奴原谅了她，她才高兴起来。黑奴吩咐王后去吃煮熟的老鼠骨头、喝土罐里的剩汤，王后全都照做了。

我再也忍不住了，走下屋顶，拿起妻子带的宝剑，把黑奴砍伤。

王后吓得逃跑了。然后，我回到宫中，继续睡觉。

清晨，王后喊醒了我。只见她剪了头发，穿上了丧服，对我说：“我母亲病逝，父亲战死，我应该为他们守孝。”

一年后，她又对我说：“请在宫中盖一座圆顶屋，作为我的哀悼室吧，我要躲进去为亲人守孝。”其实，她是要把黑奴带进去养病。黑奴自从被我砍伤后，就只能喝汤水了，王后天天都去服侍他。

一天，我趁妻子没提防，走进了哀悼室，对她说：“你别哭了，哭泣对身体不好。”

妻子说：“你别管我，再管我，我就自杀。”

我生气地诅咒起她和那个黑奴来。我妻子一听，气愤地叫道：“原来就是你砍伤了我的情人！”

我拔出剑，说：“不错！就是我砍伤他的。”

恶毒的王后这时喃喃地念起了咒语：“把他的下半截身体变成石头吧。”

她的咒语果然应验，我的下半身就这样变成了硬邦邦的石头。同时，整座城市都中了王后的魔法，城中的居民全都变成了鱼：伊斯兰教徒变成白鱼，祆教徒变成红鱼，基督教徒变成蓝鱼，犹太教徒变成黄鱼。原来的四个岛屿，变成了四座山岭，环绕着湖泊。

从此，王后每天都要打我一百棍，然后再给我披上这件华丽的外衣。

听完着魔王子的经历，国王抬起头，问道：“那个妖后现在在哪里？受伤的黑奴又在哪里？”

年轻人答道："黑奴住在哀悼室的坟墓里，我的妻子住在隔壁大厅里。"

国王决定帮助着魔王子。第二天天刚亮，他就提着宝剑去了哀悼室。他一剑砍死黑奴，把他扔到井里，然后穿上黑奴的衣服，假装睡下。

一会儿，妖后来了，她先痛打了着魔王子一顿，然后端着汤和酒去服侍黑奴。

国王模仿黑奴，用微弱的声音叫她。妖后听到黑奴跟自己说话，高兴极了，忙问："我的主人，你需要什么？"

国王说："你不配跟我说话。你天天打你丈夫，他哭泣的声音让我整夜睡不着，他的祈祷和咒骂让我感到不安。要不是因为这样，也许我早就恢复健康了。"

妖后说："既然这样，我就听你的，饶了他。"说完，她在碗里装满水，然后念起咒语，水立刻沸腾起来。她把水洒在年轻人身上，年轻人马上就能站起来了。

国王假扮的黑奴又对妖后说："岛上的居民还过着痛苦的日子。每个夜晚，水里的鱼儿都诅咒我们，这也是我不能恢复健康的原因。你去解救他们，我就能恢复过来。"

妖后来到湖边，捧起一捧水，然后念动咒语，湖中的鱼马上就恢复了人形。百姓得救了，城市也恢复了原样。

妖后匆匆赶回黑奴身边。国王趁机一剑砍死她，为民除了害。

着魔王子十分感谢国王，愿意做他的儿子。准备好一切后，王子就和国王一起出发，到他的国家去。国王回国之后，向宰相讲述了年轻人的身世。接着，国王又吩咐宰相把献鱼的渔夫请来，重重赏赐了他。

听说渔夫有一个儿子和两个女儿，国王就封他的大女儿为王后，又把他的小女儿许配给了年轻的王子，还让渔夫的儿子当上了司库官。同时，宰相被派去年轻王子的黑岛国做国王。

从此，渔夫变成了国丈，一家人过上了幸福的生活。

猫和乌鸦的故事

从前，有一只乌鸦和一只猫感情很好，它们称兄道弟，一起游玩，一起谈天，日子过得快活极了。

一天，乌鸦和猫在一棵大树下聊天，正当它们聊得津津有味的时候，忽然间，一只凶猛的老虎向大树这边奔来。情况非常紧急！乌鸦拼命挥动翅膀，飞上树去逃命；猫被吓傻了，只能呆呆地站在原地。它没有办法，只好向乌鸦求救："好朋友，你快想想办法，救救我啊！"

乌鸦回答："在危机的时刻，朋友应该互相帮助。猫兄，你放心吧，我一定会想办法救你的！"

乌鸦飞上高空，发现附近有个牧羊人，身边还带着几只牧羊狗。于是，乌鸦飞落在草地上，一边高声啼叫，一边拼命用翅膀不停地扇着地面，想引起牧羊人的注意。可是，牧羊人还是没有注意到它。

乌鸦并不气馁，它又飞到牧羊狗面前，用翅膀击打其中的一只狗。然后，它冲上高空，又猛地俯冲下来，再次向牧羊狗们发起袭击。

很快，牧羊人听到了乌鸦哇哇的叫声，看到了它袭击狗群的奇怪行为。他惊讶地跟着乌鸦和狗群向前跑去。

就这样，乌鸦不断地袭击牧羊狗，牧羊狗追着乌鸦跑，牧羊人则追着它们跑。到最后，乌鸦终于把牧羊人和牧羊狗引到了猫和老虎那里。

牧羊狗们看见老虎，丢下乌鸦，向老虎奔去。老虎看到这么多凶恶的狗向它追来，又看到牧羊人跟在后面，便赶快逃走了。

聪明、勇敢的乌鸦冒着生命危险，在关键时刻救了它的好朋友猫兄，真是令人感动！